落花時節

潘壘 著

總序

無擾為靜，單純最美

宋政坤

記得三十年前大二那年暑假，我一個人待在陽明山，窩在學校附近的宿舍裏——避暑、看書、打球，日子過得好不愜意。那時候我瘋狂的迷上讀小說，其中最喜歡且印象最深刻的就是潘壘寫的《魔鬼樹——孽子三部曲》、《靜靜的紅河》（以上皆聯經出版）。那年暑假我糾結在潘壘筆下小說人物的內心世界裏，山與海彷彿都充滿著熱與火，劇情結構好像電影，有鏡頭、有風景，愛恨糾纏，直叫人熱血澎湃。那是我年輕時代裏最美好的一個暑假，此後就再也沒有過。總覺得那年暑假帶走我少年時最後一個夏季！那段山上讀書無憂無慮的日子，在我記憶裏總是如此深刻。

之後幾年，我一直很納悶，像潘壘這樣一位優秀的小說家，怎麼會突然就銷聲匿跡似的，再也不見蹤影？難道他已經江郎才盡？或者他早已「棄文從影」？又或者是重返故鄉，至此消逝於天涯？我抱持這樣的疑惑，直到真正遇見他本人。

那是十年前（二〇〇四年）某天下午，《野風雜誌》創辦人師範先生，很意外地帶著一位看起來精神矍鑠的長輩造訪秀威公司。當他們突然出現在辦公室時，我一時還真有點手無足措，當時我正和幾位同仁開會，小小的辦公室擠不下更多的人，開會的同仁們見狀一哄而散。我一得知坐在師範身旁的就是作家潘壘時，當下真是驚訝到說不出話來，不是矯情，真正是恍然如夢。因為有太多年了，我幾乎再也沒有聽過潘壘的消息；就像已經有太多年了，我幾乎忘掉那一個青春的盛夏！

我們好像連客套的問候都還沒開始，潘壘先生就急著問我是否有可能重新出版他的作品，而且如果能夠的話，他想出版一整套完整的作品全集。我當時才確認，潘壘八〇年代以後再也沒有新作問世。他突然丟出這個難題，我一時竟答不出話來，想到這套作品至少有上百萬字，全部需要重新打字、編校、排版、設計，這無疑將會是一筆龐大的支出，以當時公司草創初期的困窘，我實在沒有太多勇氣敢答應。對於這麼一位曾經在我年輕時十分推崇而著迷的作家，竟是在這樣一個場合下碰面，我實在感到十分難堪。在無力承諾完成託付的當下，我偷偷地瞥他一眼，見他流露出一抹失落的眼神，老實說，我心情非常難過，甚至於有一種羞愧的感覺。這件事、這種遺憾，我很少跟別人說，卻始終一直放在心上，直到去年。

去年，在一次很偶然的機會裏，我得知國家電影資料館即將出版《不枉此生——潘壘回憶錄》（左桂芳編著），秀威公司很榮幸能夠從中協助，在過程中我告訴編輯，希望能夠主動告知潘壘先生，秀威願意替他完成當年未竟的夢想，這次一定會克服困難，不計代價，全力完成《潘壘全集》的重新出版。對我來說，多年的遺憾終能放下，心中真有一股說不出來的喜悅。作為一個曾經熱愛文藝的青年，已屆中年後卻仍有機會為自己敬愛的作家做一些事，這真是一種榮耀，我衷心感謝這樣的機會，這就像是年輕時聽過的優美歌曲，讓它重新有機會在另一個年輕的山谷中幽幽響起，那不正是我們對這個世界的傳承與愛嗎？

最後，我要感謝《潘壘全集》的催生者師範先生，感謝他不斷給予我這後生晚輩的鼓勵與提攜；同時也要感謝《文訊雜誌》社長封德屏女士，感謝她為我們這個時代的文學記憶保存許多珍貴的資料；當然，本全集的執行編輯林泰宏先生，在潘壘生活的安養院裏花了許多時間跟他老人家面對面訪談，多次往返奔波，詳細紀錄溝通，在此一併致謝。

無擾為靜，單純最美。當繁華落盡，我們要珍惜那個沒有虛華、沒有吹捧，最純粹也最靜美的心靈角落。當潘壘的生命來到一個不再被庸俗干擾的安靜之境，當他的作品只緩緩沉澱在讀者單純閱讀的喜悅中，我想，一個不會被忘記的靈魂，無論他的身分是「作家」，或是「導演」，都將永遠活在人們的心中。

謹以此再次向潘壘先生致敬！

二〇一四年八月一日

目次

幾番風雨，櫻花快要謝盡了。

也許是開始步入中年，春天在我的心靈中，再不會像以往那麼誘惑和絢爛了，我發覺自己漸漸失去了許多生活上的情趣，我變得現實而庸俗。除了家、妻子和兒女，似乎一切都和我沒有什麼太大的關聯——但不能忽略這點，我還要關心許多病人，因為我是一個執業的醫生。

從陽明山的櫻花傳播春的消息開始，我便感到一種壓迫，一種週期性的壓迫。我否認這種感覺是心靈對年齡的反抗（像女人的更年期一樣），但，我卻承認它和「愛情」有很大的關聯。春天，到底是愛情的季節啊！

不過首先我得聲明：我已結婚七年，生下子女各一，妻是我理想中所追求的那種女人（除了她這兩年稍為胖了一點），可以說，我的愛情生活是美滿而無憾的，同時，婚前由於家庭環境的惡劣，沒有機會讓我去鬧戀愛，而婚後我卻專心於事業——一間屬於自己的診所，因此我敢發誓，並沒有什麼愛情的「美麗哀怨的回憶」或者是「解決不了的糾紛」來煩擾我。儘管如此，我受到愛情的煩擾卻是事實。

今天我從診所提前回家。果然，我等待了整個春天的一份電報先我而到了。我用不著折開，便能夠唸出裏面的文字。它們是永遠不變的，就如同這份電報永遠在今天寄達一樣。

妻望望我，帶著一絲勸慰的苦澀的微笑。

「花店的花已經送來了！」她溫暖地說。

我照例不說話。然後，她用電話替我叫一輛出租汽車，再送我出來。在駛往碧潭的路上，我在車中又沉浸在這一個不屬於自己的愛情故事裏。這八年來，只有在今天我才願意用全心靈的渴慕去回憶它；也只有在回憶它的時候，我知道「愛情」並不如我想像的那麼單純，它在歡樂裏面，也在哀傷裏面；它是笑，也是眼淚……。

到了碧潭山後，我找到了葉素津的墓地——在一個環境清幽的小林中。墓前已經放有一束白花，我知道這一定是莊玉蘭的。我一直希望能去看看她，可是始終沒有勇氣。我虔誠的將手上林天賜所指定的那束血紅的玫瑰，放到那束白花的旁邊，然後站起來。「他們並沒有得到幸福。」我想：「但他們已經得到愛情了！」

這個愛情故事發生在民國卅四年的春天——如果照事實說，那應該是昭和二十一年的春天，也就是最後的一個春天。是屬於他們三個人的，我只是一個局外人。

一

林天賜是我在帝國大學（即現在的臺灣大學）醫學院學醫時的同學。我們同班，同一個寢室，而且在許多事情上都有點志同道合。所不同的，是我的家裏很窮，他的家裏卻很有錢；我有兄弟姊妹九個，而他只有他自己。由於家庭和教養，他平常不大愛說話，加上他的容貌和態度——一種並不使人發生好感的富家子氣質，使他在學校中很難交到朋友。

而我之所以能成為他最好的朋友，則有點例外，因為我也被許多同學目之為「怪物」，同時，我是全班唯一的一個敢伸手去捉蜥蜴和蛤蟆的。

他的身材中等，有一頭烏黑而微微鬈曲的頭髮，但他的皮膚卻有點蒼白；眼睛、鼻樑和嘴唇都是很俊美的，可惜他那兩條眉毛太粗黑——簡直是連在一起的，橫在臉上，使他整個臉部顯得很不調和，使人不敢肯定他是個內向，還是外向；拘謹，還是豪邁的人。總之，他整天露出一種沉思的樣子。他望著你，你會以為他在顯示他的超越不凡，對你有所輕視。其實，他並不是這種人，他正直而謙和，只是這種含蓄的品性不易讓人了解而已。

為了他的前途，在二年級的時候，我曾經勸他改讀哲學，或者把他的一字眉好好地修修。但他只是不置可否地淡淡一笑。三年下來，依然只有我一個朋友。

每年寒假暑假，他照例回臺中老家去過，而且每年都約我同去，但我總是找盡藉口推辭。直到現在，我仍不明白自己不願到他家去度假的原因。我想：也許是因為他家太有錢，怕受拘束吧！

當假期終了，他再回到學校時，我總希望他能有所改變——任何一方面的改變。可是，每次都令我很失望。他依然留著那條粗黑的眉毛，穿著那套質料很好的黑色大學制服，照例送給我一點小禮物，談談他家裏的狗，一位姓莊的表妹（和他青梅竹馬長大的），和一位在南洋做生意的獨身舅父……等等。他說得平淡無奇，就如同我們在考試前背那些德文醫學名辭一樣，令人乏味。不過我總是很有耐心地聽著，而且還得盡力將這些話記牢，因為他以後和你談話時，會突然沒頭沒腦地說：

「那次我不是跟你說過嗎……！」

但奇蹟終於來了。我記得是四年級的春假之後，他變得絕望而頹喪，話也不願說。在我旁敲側擊之下，他才傷心地將心中的秘密洩露出來。

「我已訂婚了！」他嚴重地望著我說。

訂婚？這應該是一件值得慶賀的事，但由於事情發生得太突然，他從來沒有告訴過或暗示過他曾經和一位什麼小姐交往，因此我急切地問：

「跟誰？跟誰訂婚？」

「我的表妹。」

「莊玉蘭？」

他點點頭，不再說話。他這種意態使我困惑起來了，為什麼他將這件事情看得那樣嚴重呢？我雖然並未親眼見過那位莊小姐，但這幾年來從他的嘴中已經聽得太多了，如他所說：她是一個溫馴而又可愛的女孩子，兩人相處得很好，無論家世和性情，對他都很合適的；而且，我從他的相簿上看見過許多她的照片，她應該是相當美麗的。照理，他們訂婚，是一件順理成章的事，為什麼他會這樣懊喪呢？

「你不喜歡她？」我試探地問。

「我喜歡！」他誠實地回答。

「那還有什麼好懊惱的呢？」

他猛然抬起頭，注視著我。從他的眼眸中，我沒有看見他這樣激動過。愣了一下，他幾乎用一種顫抖的聲音向我發問：

「你以為我應該和她訂婚？」

「唔。」我點點頭：「換了我，我也會的！」

「可是你不是我！」

「我知道——你跟她的感情不是很好嗎？」

「好當然好，」他分辯：「但那只是朋友的感情，而並不就是愛情！」

我頓了一下，讓他的情緒平復下來，然後溫和地問：

「那麼，愛情是什麼呢？」

「……」他愣住了，隨即又掙扎地說：「我，我不知道，但它真正來的時候，我會感覺得到的！」

二十歲的大孩子（我和他同年，比他大三個月）竟然要了解愛情？由於我們對文學都有點偏愛，所以當他說出這種是在小說上演來的話句時，我忍不住笑起來了。

「想不到醫學對你的愛情觀念竟然沒有半點影響！」我接著說，但並不是調侃。

「正相反！」他認真地說：「因為解剖使我對人類的肉體太輕視了，所以我更要珍惜一切屬於『靈』的東西——啊，不！應該叫感覺！」

「這句話我記得在那兒看到過！」

「武者小路實篤的小說上，」他誠實地說：「他這句話很有道理！」

就這樣，這一年我們頗不寂寞，成天討論著「愛情」。但，我們的意見永遠不會一致。他認為我將愛情看得太單純，把幸福看得太嚴重。

總之，林天賜不滿意自己的婚事，但又說不出什麼正當的理由。最初，我替他加些什麼「愛情理想主義」、「靈感派」這一類的帽子，但後來歸結到一個「緣」字上。儘管我也承認人與人之間，緣份是很重要的，但我仍不能原諒他對莊玉蘭這樣「無情」。我時常想：將來我的妻子，只要及得上她的一半，我已經心滿意足了——除非林天賜以前和我說的都是假話。

不過他是從來不說謊的，尤其是在我的面前。我敢說即使他的父母，也沒有我知道他那麼詳細，任何事情，他都對我不加隱瞞，甚至連莊小姐寫來的信，他都向我公開，同時還要我參加點意見，讓他決定怎樣寫回信。

在這一年當中，他的功課顯然退步了，他得運用全副精神去對付婚事。因為他是獨子，父母抱孫心切，屢次催他提早結婚。而醫學院的同學中，也有很多是已經結過婚的，這不足為奇。但他卻堅持要畢業之後不可。我知道，這只是他拖延時間的一種藉口而已。

第五學年的下學期，他過完寒假回來，人似乎消瘦了一點，因而顯得他那雙眼睛更深陷，眉毛更粗黑了。他告訴我他的拖延政策恐怕要失敗了，因為莊家已經對於這件事情有點不滿。「你知道這個寒假我是怎樣熬過來的？」他抱怨地說。

「那麼她還是天天來陪你？」我問。

「還用說！」他嘆了口氣，忽然抬頭望著我，說：「說起來真奇怪，現在我最怕和她單獨在一起，我怕看她，她說一句話，她的一舉一動，都使我受窘——好像我犯了什麼罪似的！」

「那是你的心理作用！」我勸慰他。

「你不會了解的！」

誰能了解呢？後來看見他成日惶惶恐恐的樣子，我勸他索性向家裏攤牌，但他沒有勇氣這樣做，他怕傷了父母和莊玉蘭的心。

「既然這樣，」我無可奈何地說：「你還是乖乖地準備做新郎吧！」

從這次談話之後，他默默地思索了半個月，我也不願再提起這件事。有一天，他忽然很誠懇地對我說：

「春假到我的家裏過吧——我已經請了你五年了！」

我注視著他，他急切地接著問：「怎麼樣嘛？」

「我懷疑你還有其他的用意！」我說。

「……」他頹然地揮了揮手：「你知道我騙不過你的，你去了便會減少她和我在一起的機會！」

想了想，我隨即應允了他的邀請。

在我們住的那個區域，母親是以多產出名的，她在廿年中替父親生下一打兒女（其中有三個在生下來不久便夭折了），這也許就是我的父親和她的愛情老而彌堅的原因。我的父親在鐵路局工作，喜歡熱鬧，所以他也把車站的氣氛帶到家中來：整天是亂哄哄的，什麼都匆匆忙忙，大聲說話，他便以此為樂。故此，大凡碰到什麼假期節日，我總喜歡到朋友或同學的家中「轟炸」。每年的年頭，我便安排好這些日程，有條不紊地按家作客。這種生活使我養成了一種隨遇而安的習慣，我會用一些幽默的語句去逗大家快樂，使每一位主人都不會為我這位「貴寶」煩心。可是，這五年來，林天賜正式（而且是非常誠懇）地邀請我不下數十次，但我始終婉言推辭，推辭的理由是因為他的家中太有錢，而有錢人家的規矩總是很多，我害怕自己適應不來，受到拘束。

但，這次我竟然會答應了，連我也感到有點奇怪。

那天，到臺中的快車並不太擠（局勢的惡劣使每一個人都覺得離開了自己的家便像失去了保障），我們找到了兩個很舒適的座位。

照理，一個星期的春假，對於一個醫科學生來說，應該是興奮而瘋狂的。但，林天賜臉上顯示出來的，卻是那麼冷漠，雖然他本來就不是一個容易激動的人，但，我對他這種沉肅的意態漸漸感到不耐了。

「你覺得不舒服嗎？」這句話我問過他三次。

「唔，」這次，他點點頭，望著一個什麼地方：「每一次回家我都這樣——這次我一定要想出一個對策！」

「去對抗愛情？」

他回過頭來望著我，彷彿我是一個陌生的人。

「奇怪嗎？」停了停，他才低聲問。

「有點，」我回答：「也許是我從來未被女人愛過！」

「今天你才說出良心話了！」他興奮地接著說，但隨即又變得莊重嚴肅起來：「我要告訴你，去愛一個人是幸福的，但被別人愛卻是一種擔負！」

我們平常老是喜歡說些「文藝話」（從書面看來的），可是他這句話使我吃了一驚，我覺察得到他這句話並不是從小說上學來的，而是從心中說出來的，我開始有點相信了。

困惑的時間並不十分長久，我用一貫的懷疑口吻接著問：「你以後會經驗得到？」

「我早就在等候這種機會了！」他說。

我們同時笑了起來。但，隨即又收斂了笑容。

前面，矮而瘦小的列車長跟在一個日本憲兵少尉和幾個士兵後面，向走道這邊走過來。少尉的眼睛向兩旁的旅客，和衣物架掃視著，像是在搜查什麼，只有車輛和皮鞋在發出一種單調而沉重的響聲……。

他們過去了。至少有兩分鐘，我才發現車廂內的旅客輕輕地吁著氣，鬆弛地挪動著身體。

林天賜厭惡地吐了一口唾沫，他低著頭。半晌，我隨他視線望下去，這才發現一張日報在地上。第一版有兩排特大號方體字的標題——可以意味到軍部在掩飾太平洋某島的敗績，旁邊的圖片，又是什麼神風突擊隊的雄姿……。

我們同時抬起頭，互相交視了一瞥。

「我們說話呀！」他強笑著說。

「……」我猶豫了一下，略為調整自己的情緒：「你打算怎樣招待我？」

「這你放心，我不會讓你寂寞的！」他微微轉向我說：「第一天，我們……！」

「不！」我截住他的話：「──你們──你們！並不包括我！我此來，就是要圖一個安靜，你得讓我單獨好好地過！」

「那怎麼行呢？我母親會說我……」

「告訴她我是一個怪人！」

「難道你不願意幫我一點忙嗎？」

「可是你要記得，你是請我來度假的！」

他有點失望地望著我，終於低下頭。

「好吧！」他說：「我不會勉強你。」

車過新竹，他不再說話。但我知道他不是生我的氣，只是在思索他那對抗「愛情」的對策而已。為了表示堅持自己的意見，我也故意不去和他說話，將身體靠在座背上閉目假寐。

經過一段相當長的時間，他忽然推推我，說：

「那麼我也留在家裏陪你吧！」

「為什麼？」我詫異地問：「你本來打算……！」

「我們一起去日月潭——和她一起。是去年約好的。」

我感到為難了。我想：假如真的讓他們去日月潭，而自己卻單獨留在他的家裏，那是一種什麼滋味？

就在這個時候，列車進臺中站了。我們暫時撇開這個問題，急急忙忙地取下小旅行箱和背袋，跳下月台。林天賜曾經說過，這次回家他事先沒有通知家裏或任何人，可是當我下了車，第一眼便從人叢中發現了莊玉蘭——那一定是她！她注視著我們，身上穿著一套剪裁得很合適的淺藍色洋裝，手上拿著一把不同色的小陽傘。

「那是她嗎？」我低聲問身邊的林天賜。

他沒有回答。但她已經像貓一樣踏著沉靜的步子向我們走過來了。

二

我不明白莊玉蘭有一種什麼力量能使我改變了主意，後來竟然和他們一起到日月潭去。總之，她是一個非常甜蜜可愛的女孩子。

假如我現在已經從婚姻生活中獲得了「幸福」的話，那麼這幸福就是她賜給我的。我承認她對我有很大的影響力，在這短短的一個星期中，我對許多事物完全改變了以前的看法——尤其是對於「愛情」！

以前，我始終對女孩子們漠不關心，甚至可以說從來沒有動過要去愛一個女孩子的念頭。但，她是那麼強烈地吸引我。說句良心話，我開始對林天賜妒嫉，當他故意去冷淡她，當她刻意地抑制自己去順從他時，我的心比誰都難過。自從這個春假之後，我時常想念她，但這種想念在道德上並不影響我和林天賜的友情，相反，我更關心他們的事。

說起來，莊玉蘭並不是一個引人注目的女孩子，但她是美麗的：她的臉微圓、短髮、眼睛雖然不大，但和她那希臘型的高鼻子配合起來，卻另有一種韻味；而她的嘴，以及頰上的笑靨，使她整個容貌顯得迷人了。她的美麗是含蓄的，你愈看愈覺得她美麗，而這種美麗中你找不出半點邪惡的意味。

大概是林天賜在她面前時常提起我，她對我，就像一個每日見面的老朋友一樣，溫暖而親切。我是十分清楚地記得，那天在車站第一次看見她的情形……這個印象我是終身難忘的！

那天，當她向我們走過來，林天賜用一種不自然的聲音替我介紹，她淡淡地笑笑，然後說：「簡先生我早就認識了！」

我看出林天賜有點詫異，於是我接著她的話：

「是的，在照片上——而且天賜也時常提起妳。」

她瞟了林天賜一眼，甜蜜地說：

「他一定說了我很多壞話！」

「不少——至少比好話多！」我故意說。

她跟著笑起來了。

「果然名不虛傳，我還以為天賜騙我呢！」她說。

「騙你什麼？」

「他說你是一個很幽默風趣的人！」

略停之後，我又接著說：

「那麼他也在妳的面前說了我點什麼——壞話了？」

「……」她想了想，再肯定地說：「唔，而且時常說。」

「關於那一方面的？」我問。

「——就是你為什麼不願到臺中來玩！」

總而言之，在林家作客是一件非常愉快的事。老主人夫婦對我極為親切，盡量避免我在任何一方面受到拘束，這也許是林天賜事先有所安排的緣故。而他家中除了老夫婦兩人，只有一個叫阿春的下女和一個做飯的老媽子，而且林老先生在家中的時間並不多，整天為著生意忙碌。自從我來以後，他破例地留在家中陪我吃過三次晚飯。他是一個和藹忠厚的商人，和林天賜的母親一樣，神情上總是帶有點悒鬱，我覺察得出，他們十分擔心兒子的婚事。

在林家，林天賜要我和他住在一起，我們總是談得很晚才睡。談話的內容，不論天南地北，到最後總是回到莊玉蘭的身上。

第一天晚上，我便將他父母在我面前提到有關他的婚事的話向林天賜說。他聽了之後默不作聲，最初我還以為他已經睡著了。但，經過長長的一段沉默，他忽然說：

「我們明天就去日月潭吧！」

第二天我們真的走了，莊玉蘭平常每日都到林家裏來陪林太太的，莊家離林家並不遠。那天早上她一早到林家，林天賜便催她回去帶點隨身應用的東西，她半信半疑地望著我，說不出話。

我證實了這件事，她才解嘲地說：

「我還以為你們開玩笑呢！」

我們在日月潭玩了兩天，第三天才回到臺中來。這兩天中，雖然我想盡方法讓林天賜和莊玉蘭在一起，但結果毫無作用。那天的黃昏（大概是第三次），當我借故有事，要他們兩人先出去散步，我答應略停片刻再前往時，反對的不是林天賜，卻是莊玉蘭。「我們等你一起走好了！」她安靜地說。她這一來使我非常尷尬。

晚上，林天賜一個人不曉得跑到那兒去了，莊玉蘭穿著睡衣從房內走出旅社的露台，她大概是發現我單獨在露台上才走出來的。她走近我的身旁，我才發覺。

「還不睡嗎？」我說。

她淡淡地笑了笑。沉默了一陣，我忽然敏感地問她：

「妳是不是有話要跟我說？」

「唔，」她低下頭，然後困難地說：「我不想說出來，真的。我非常感激你的好意——不過，我很明白，天賜並不想來日月潭！」

「不！妳誤會了！」我連忙解釋：「他告訴我，這是你們在去年就早約好了的！」

「不是去年，是前年！而且，完全是為了你，所以他才願意履約的！」

我承認這是實情，但，她的話卻使我感到很窘。

「妳真的這樣想嗎？」我故作輕鬆地問。

「這是事實，」她仍然是那麼平靜：「沒有你在一起的時候，他一點都不快活！」

「……」

「我希望你不要以為我在吃你的醋！」

我連忙表白自己。

「不！我沒有這樣想！」我發覺自己已經沒有躲避的餘地了，於是，我索性把話引入問題的核心，看她有什麼解釋。我說：

「但是他跟我在一起的時候，也並不見得怎麼地快活呢！」

她的目光從我的眼睛中逃開，像是在思索。

「以前，我以為自己了解他！」她驟然變得有點激動起來：「怎麼會不了解呢？我們從小便在一起，小學、中學，直至他進了大學我們仍然很好，他什麼事都不對我隱瞞，什麼話都對我說！可是現在，他和我就像是兩個陌生人……。」

「妳是說自從你們訂婚以後？」

她點點頭，我看出她在抑制她自己。半晌，她用一種嚴肅的語調問：

「你說，我和他訂婚，是不是一件錯誤的事？」

「妳為什麼要這樣想呢？」我勸慰地說：「也許他對這種新的名份覺得不習慣就是了——他平常不是有點怕羞的嗎？」

她似乎開始有點相信我這個說法了，但仍然低著頭，輕輕地用手撫著露台的木欄杆，沉吟了半晌，當她正要抬起頭向我說些什麼，林天賜手上提著一小籃桔子，從房間裏走出來。

「哦，你們在這兒！」他說。然後抓兩個桔子給我和莊玉蘭。

我們默默地剝著桔子吃，淡淡的月色落在迷濛著薄霧的湖面上，有點寒意。我聽見莊玉蘭輕輕地吁了口氣，說是要回到房間去。

「妳先去睡吧，」林天賜慫恿地向她說：「明早我們要坐好幾個鐘頭的長途車回去呢！」莊玉蘭扭轉身向我道晚安，因為背著光，我看不見她臉上的神情，但從聲音中我感受到她的哀怨和失望。她的腳步聲漸趨微弱，我也想回到房內去，但林天賜卻一把拉著我。

「哲雄！」他神情緊張地望著我說：「剛才她向你說了些什麼？」

我突然對林天賜感到厭惡起來，猶豫了一下，冷冷地說：

「我們什麼都沒有說！」於是，我回身走進房裏去。

我以為林天賜會馬上跟著我進來的，但他沒有。直至我換好睡衣，在床上躺下來好一會，他才頽喪地走進來。慚恧地坐在他的單人床上，用手蒙著臉。

我望望他，對他突然又憐憫起來。我發覺自己剛才的話和舉動，對他實在太難堪了。於是我關切地說：

「睡吧！你不是說我們明天還要坐好幾個鐘頭的車子嗎？」

他不答話，也不挪動身體。很久很久，他才用一種生硬的聲音說：

「你是不是覺得我這個人很卑鄙？」

我答不上話，但我是必須要說一句什麼比較恰當的話來安慰他的，只是一時想不起來就是了。

他像是並不需要我回答他的話，低下頭，他感慨地輕喟了一下，喃喃地接著說下去：

「你一定認為我這樣對待她太不公平，可是，我真希望她別那麼好，那麼完美——有些時候，當我發現她在故意克制自己而順從我時，我有一種罪惡的感覺……。」

「睡吧！天賜，」我截住他的話，違心地說：「你還有一年的時間呢？」

「我知道，不過拖過了這一年又怎樣辦？」

我不能回答，因為這是他的問題。

忽然，我發覺他在一種莫明其妙的激動中抬起頭，怔怔地注視著我。

「除非是發生一件什麼重大的變故！」他說。

三

重大的變故終於發生了。

是那個春天——最後的一個春天的末梢。美軍在太平洋的越島戰略使情勢變得愈來愈惡化了。傷兵不斷地運到臺灣來，軍隊不斷地由大陸抽調到外島去，糧食缺乏，天天空襲，儘管軍部和報紙上仍然不斷發佈一些「反擊」、「大捷」這一類的戰訊，但每個人都知道，戰火漸漸接近了。

就在那個時候，總督府突然頒佈一個緊急命令，徵集全臺灣學生中的適齡壯丁，補充前線。雖然我和林天賜只差一年便畢業，但第二天我們便從學校接到一張召集令。

每一個同學都說不出話，心情沉重的要費點力氣才能將頭抬起來。第一眼，我便發覺林天賜的神情有點異樣。

「你怎麼了？」我關切地問他。因為我知道他是最痛恨（不如說害怕）戰爭的，他連弄死一隻螞蟻都會難過。但，他的回答卻使我大吃一驚，他興奮地說：

「我等待的日子終於來了！」

我知道他所指的是什麼，他只是要擺脫與莊玉蘭的婚事而已，我忽然痛恨起他來。

「對你來說，這是一件值得慶祝的事情呀！」我故意說，語氣中帶有幾分忿恨。

他一點也沒有覺察出來，他整個地沉浸在他的「幸福」中。他激動地捉住我的手，說：

「好的，今天晚上我請你到圓環去喝兩杯！」

我忘了當時我怎麼拒絕了他的邀請，總之，我很快地便收拾好東西回家裏去了。因為命令中要我們三天內報到，而且，我亦急於要回到家裏去。

林天賜大概是當天晚上便趕返台中了。第二天，家裏的人對我的態度大變，弟妹們也不吵鬧了，這種冷靜的氣氛反而使我感到一種壓迫，雖然他們都不再提起我被征召的事，但我知道這件事正煩擾著他們。

午間，正當我們闔家「團聚」在一起吃飯時，林天賜忽然給我拍來一份電報，請我馬上趕到台中去，說是：「有要事相商。」讀完電報，我看見父親和母親望著我。

「我才不去呢，」我強笑著說：「大概又是為了他未婚妻的事吧！」

的確，我不願意去。一方面是因為林天賜對莊玉蘭的態度使我不滿，其次就是我實在想多留一點時間，和家中的人在一起。因為這次征召，幾乎已經看見那悲慘的將來了。連著兩天夜裏，我都在夢裏被弟妹吵鬧聲──像火車站一樣亂哄哄的聲音驚醒，驟然，我了解家庭的真實意義，但，一切都太遲了，我後悔自己以前太忽略了它，將太多的時間留在外面，誰會料到這一次分別，竟永遠不能再見到母親、三弟、五弟和七妹他們四個人呢！

三天很快地過去了，我記得當我決心學醫時，父親說我可以學外科，因為我從來不哭，心腸夠硬，但離家那天我卻流淚了。我只含糊地說了兩句請他們放心的話，便趕到報到的地方。

在那兒，我遇到了許多同學，但始終沒有看見林天賜，我懷疑因為他是獨子，他家也許會拿錢來向有關方面疏通，找個什麼理由，為他請求緩召吧。我有點後悔沒到台中去，他找我，也許也正為了這件事呢。

辦好報到手續，我排在隊伍後面依次地到體格檢查室裏去。其實那只是一種手續，同班的廖文隆體重只有四十五公斤，而且還是四百度的近視眼，但仍然以甲等體位通過。我當然是更無疑問，醫官們幾乎懶得動手，只看看我，便向紙卡上蓋印。等到我換好軍服，走到廣場上時，第一眼便看見林天賜。

林天賜身上也穿著一套不大合身的軍服，看樣子他一早就來報到了。見到我，他向我走過來。

「我以為你不來了？」我說。

「不來？」他放低聲調回答：「誰有這個膽量！」

沉默半晌，我很想問他關於莊玉蘭和他的事，但，他已經搶先說話了。

「那天你怎麼不到台中來？」他問。

「家裏有事，」我回答：「而且，我不知你說的『要事』是什麼？」

「除了莊玉蘭的事，還會有什麼！」

「你們怎麼樣了？結婚了吧！」我忽然想到，所謂「要事」，也許是他們結婚吧，但當我這樣問他時，他大聲笑起來。

「怎麼會呢！」他解釋道：「不過，是跟結婚有關的！我父親和母親要我在走之前和她結婚，當然這個主意她家裏也非常同意，結果……！」

「你只好答應了？」

他漠然地搖搖頭。

「我不能這樣做！」他嘆了一口氣：「你想，我們這一次……！」他說不下去。於是我接住他的話：

「我明白你的意思。」

「這就好了，」他的聲音變得有點沙澀：「總之，一切聽天由命。我不希望她一嫁過來就守寡，這未免太不人道了……。」

我注視著他，等待他說下去。他掩飾地用左手摸摸額頭和臉頰，困難地說：

「於是我拍個電報給你，希望你能夠來，替我——」

「替你向她表達你的意思？」

他點點頭，望著自己的腳尖，在地上劃著圈圈。

「後來你沒有來……！」

「——所以，你也沒有說？」

「你叫我怎麼說得出口呢！」他有點生氣地揚起頭，隨又悔恨地垂下來，痛苦地說：「當時我有勇氣開口就好了！」

他的話很困惑。

「那麼你們究竟怎麼樣了呢？」我急急地問。

「正式攤牌了——她先向我攤牌！」

「她？她怎麼說？」

「我真不相信她會說出這種話！」

「什麼話？你別吞吞吐吐的好不好！」我開始有點著急了。他咬咬唇皮，猶豫了一下，終於說：

「她說她一開始就知道我並不想和她結婚！」

我懂了，他是想借這次應召的機會，設法將莊玉蘭這個瘤割掉。

我默默望著他不響。他抬頭瞟我一眼，然後繼續說：

「她說她也明白我這兩年每天為這件事情苦惱。同時，她自己也感覺到，這樣下去，雙方都不會得到幸福，雖然她也曾經下過一番努力，克制自己，事事對我迎合遷就——比方吃生魚片和牛肉，她承認自己已經『鍛鍊』成功了，總之，你知道，諸如此類的瑣碎的事。但，她也承認她這樣做是失敗了。我，跟她的距離愈來愈遠，她感到害怕，有好幾次，她想將心事對我說，可是總說不出口，她說這是因為她自私——『愛，總是自私的！』這是她的話，而且她還存有一點『欺騙自己』的幻想，她要等……！」

他頓然把話頓住了。

「我不是也曾經在等嗎？」他自嘲地發出一聲乾笑：「而我總算是等到

了，雖然這種擺脫之後的後果是比死更壞的，但是我也不明白，我為什麼對她竟然會不能發生半點的愛情，我問過自己，但到後來我只找到同情和憐憫——這能作為幸福的基礎嗎？她實在太愛我了，愛到使我時常覺得是一種擔負，使我束手無策。我想：假如她少愛我一點，同時也不要那麼完美的話（只要她有一點點缺憾）就好了，那麼我便會自自然然地接受她的愛，自己也發生一點愛。我這些話可笑吧？」他突然正色地問我。

「你說下去吧，」我說：「還沒說到正題呢！」

「對，正題——這一次，當她的家和我的家催促我們結婚時，她便知道她和我的事應該要作一個解決了。我拍電報給你的事，她也知道，而且她猜測我要請你來的原意和我一樣正確。結果你沒來，而我又說不出口，因此，為了減輕我們的痛苦和擔負，她才決心把話先說出來。」

「你沒看見她說話時的神態，安詳而平靜，就像這只是一件平常的事似的。這樣使我更難受，我幾乎要突然改變初衷了，但她拒絕我。她說她並不怪我，她也願意恢復我們訂婚前的身份，那個時候我們都很快活。但她要我答應她最後的一個要求，其實她就從來沒有向我要求過點什麼！」

「她說，我這次被征，家裏是非常擔心，而且坦白點說，只要派調到外島去，便凶多吉少，生還的希望是非常渺茫的。因此，為了免致加重雙方父母心上的負擔，她希望我在走前不要宣佈我們的事——她是指解除婚約的事。為了我，她完全同意。她說，即使要宣佈，也要等到戰爭結束，我平安回來時再正式宣佈。這只是我們兩個人的私人協議。不過，她最後補充一句：不論怎麼樣，她永遠愛我，希望這種愛能使我得到平安。」

「於是你就答應了！」

他咬咬嘴唇，用一種相當難堪的表情答覆我這一句問話。

從此，林天賜和莊玉蘭的事情應該告一段落了。但林天賜仍然一點也不快活，我發覺他漸漸地變得古怪起來：話也不多說了，整天緊鎖著眉，活像一個失戀的人——其實，是他捨棄了愛情。在最初的一段日子裏，我以為他在為自己的前途擔心，因為這是誰都擔心的！據最確實可靠的消息，我們這一批「學生軍」只要訓練三個月，便要調到外島去作戰的。而戰事的失利，已經無法對任何人隱瞞了。所以當他對於操作和勞動感到厭倦和疲乏時，我在旁邊故意說些不傷大雅的笑話，目的只是希望能稍為鬆馳一下他的心情，暫時忘記憂慮而已。在這種時候，他照例是淡淡地笑笑，隨即便從我的目光中避開了。

到後來，我習慣了他的冷漠，開始對他採取不聞不問的態度。

連著三個禮拜，他連例假日都不願離開營房半步，等到我們在下午收假之前回到營地時，他總是獨自平躺在床上，雙手枕在腦後，望著天花板出神。

我的床位正好就在他的左邊，我很希望他問問我到外面去玩的情形，但他並沒有這個意圖，甚至可以說他根本忽略了這件事。

一個月過去了，我開始為他擔心了。

又是一個假日，營裏照例在早上作過一次檢查，然後便三五成群地擁到市區去。所有的人差不多全走了，我看見他跑回寢室，懶懶散散地將步槍丟到床上，然後在床上坐下來。

「走吧，跟我回家玩玩吧！」我說。

「我不想去。」他冷冷地回答。

「我的母親問過我好幾次呢！」

「……」

「你不是曾經說過，很想過過我們家那種『火車站』的熱鬧生活嗎？」

他笑了，這一個月來，我從來沒看見他這樣笑過，自然而溫和。

「下個禮拜吧！」他歉仄地說。

「為什麼呢？」我奇怪地問：「人家恨不得天天放假，而你卻連假日都不願意出去？」

其實，我心裏很明白他不願意出去的理由，但我為了避免刺激他，故意將語氣說得輕鬆而委婉。

「還是下個禮拜吧！」頓了頓，他回答：「我要寫信給玉蘭。」

「寫信給玉蘭？」我吃驚地重複著他的話。

「這又有什麼奇怪呢？」他像是有點不大快活地喊道。然後，將幾封摺疊著的信從衣袋裏掏出來，丟在我的身邊。

「你看吧！」他說：「這是她的來信，我們每個星期有一封。」

我沒有真的看，只是隨手翻了一下，便將那幾封信還給他。他們兩個人的事情，已經撲朔迷離得使我連話都說不出來了。

「我們現在又恢復以前的友誼了，」他故意在聲調上強調「友誼」這兩個字，但我覺察到他有一半在掩飾，他一邊翻弄著手上的信，一邊繼續說：「你只要看她寫些什麼，你就知道了——你不是也讀過她以前寫給我的信嗎？」

我漫應著，和他敷衍了幾句，便藉故讓他寫回信，自己馬上回到家裏。因為那天我事先和三妹約好的，她說她要介紹一位非常崇拜我的女朋友。崇拜的原因是我得到一本文藝雜誌徵文第三獎，那篇短篇小說的故事，是從三妹日常所提及的事物中擇取出來的，據說那位女朋友就是其中的人物之一。三妹早就要替我介紹了，結果一直拖到現在才算找到一個最合適的機會——我一放假便先回到家裏。

世上的事竟是那麼神妙。在我沒有看見許淑惠（就是三妹的那位女朋友）之前，我並不是沒有接觸過女人，只是我並不怎樣感興趣罷了。但，這天，一切都改變了，當三妹將一位眼睛大大的、樣子也像波斯貓那麼溫馴的女孩子介紹給我時，我竟訥訥不能說話。

驟然，我感受到林天賜所渴求的那種奇異的激動。我想，這就是他所指的「愛情」了，我從沒有感受過。它使我震顫，暈眩於一種甜蜜的幸福之感。

若干年後，許淑惠變成了我的妻子。但，當我第一眼看見她時，我便知道那是一件毫無疑問的事情了。雖然她當時仍有一點矜持，但我能夠從她的眸子中窺見她內心的那種迷惘了！

是的，迷惘！我也同樣的迷惘！我相信三妹亦有所發現了，她很技巧地替我安排了下星期天的節目。

那天回到營地，我恨不得要每一個人都能分嘗我心中的快樂。尤其是林天賜！他太憂愁了，我既同情而又感激他，當我將我這個神奇的故事告訴他時，我有一種負疚的感覺，因為我以前曾經漠視過這種他所夢想的感情。

「下個禮拜你一定要陪我去見她！」我認真地說。

他並沒有應允，也沒有拒絕，我只能從他的唇上看見一種最真摯的微笑。

第二個星期林天賜並沒有和我一起去。但，那天我非常失望。失望的原因並不是因為空襲掃我的興，而是因為那位許小姐另外還帶了一位姓葉的小姐一起來。

那位葉小姐給人的第一個感覺，很有點像林天賜。說是傲慢，也並不完全是傲慢，總之，她的高貴氣息——不如說是貴族氣息太濃厚，除了她是「北高女」的學生之外，她的家庭和教養賦予她不少「異於常人」的特質。總之，她的美麗和氣質都是出眾的，但並不為我所喜愛。這也許是因為她而使我失去許多接近許淑惠的機會吧！

那天，我拘束萬分，因為許淑惠像是很快活，所以我懷疑這是女孩子們的一種戰術，要接近你，但又不讓你有機會去接近。下午分別的時候，我們又約好下星期見面的時間，和遊玩的地點。我很想暗示三妹，要許淑惠別帶那位「貴族小姐」一起來。但這種話我不能說，臨走之前我還得客套一番，希望她也能賞光。

等到看見林天賜那種無精打采的樣子，我忽然想起一個主意。我後悔早上為什麼沒有想起他來，要不然問題早就解決了。

我們受訓的生活是非常緊張而勞苦的，但我仍有不少時間向林天賜談及許淑惠。不過我始終沒有提過葉素津。我了解他的脾氣，事先讓他知道了，他反而不肯去的。

費了整整六天的唇舌，那個星期天林天賜竟然答應到我家中吃午飯了。我說母親特地為他準備了他所喜愛的生魚燉牛肉，假如他不去，她會生氣的。

「吃了飯我就走！」他決然地說。

「隨你高興，」我回答：「我們絕對不勉強你。」

路上，我希望葉小姐沒有來；但假如來了的話，我希望林天賜能對她稍為發生一點與趣。我認為他們兩個人的家庭都很富有，氣質也相近，我這種想法可以說是非常可能的。我一面走，一面這樣安慰著自己。

可是，事情完全出乎我意料之外。葉素津小姐當然是來了。這天她穿著「北高女」的校服，樸實無華。當我和三妹（應該也連帶許淑惠）謹慎而熱心地為他們兩人介紹時，他們的反應都很冷淡。他們只點了一下頭，淡淡地笑笑，以後便沒話說了。

三妹是最會替別人打算的，眼看這種場面太尷尬，她首先提議到圓環去吃食攤，我瞟了葉小姐一眼，我以為她會反對的，但她並無意見；而林天賜則心不在焉，說到那兒都一樣。

當我們走到圓環，警報器尖銳的響聲突然淒厲地吼叫起來。

隨即，四周陷入極度的紛亂中。我們本能地隨著雜亂的人潮向市郊疏散，由於近兩週內的大轟炸，大家的心情都不免緊張。我們走著，互相都沒有說話，大概走過了兩條街，許淑惠忽然發覺我們和林天賜他們三人走散了。

「剛才我還看見他們走在我的旁邊。」她在路口停下來說。

我在前前後後的人群中搜尋一遍，但並沒有看見他們。我想，他們也許在路口轉了彎，可是這是很不可能的，人們幾乎可以說是只朝著這唯一的一條路線走的。

「也許他們已經走到我們的前面去了，」我說：「說不定他們也正在找尋我們呢？」

她同意了我的話，於是兩人急急地向前追趕去。但，我們始終沒有找到他們。

像這種小小的意外（其實也不應該叫做意外），在整個人生來說，可以說是微不足道的，但它卻決定了我的命運——以及林天賜的命運。現在我也時常在想：假如那天沒發生這種事，許淑惠今天是不是不會成為我的妻子，而林天賜也不會成為這個悲劇的主角呢？

那天，當我和許淑惠到了郊外，我開始慶幸我們和他們散失這件事了。我們在一家農舍穀場後面的草堆上，互相說了許多話，我們述說童年、現在和將來。直至警報解除，黃昏快要來了，我們才帶著未完的話題回到城裏去。

因為一件事未辦，使我必須先回到家裏去。一進門，三妹便從屋內衝出來，有意味地望著我笑。

「玩得快活吧？」她俏皮地問。

我不能掩飾內心的快樂，同時我感覺到臉上有點熱。但我卻裝作若無其事地說：

「你們是怎麼走的，害得我跟許小姐到處找！」

「你跟許小姐？」她忽然變得嚴重地又問。

她這一問，使我糊塗起來了。

「妳問這個是什麼意思？」我低聲反問。

「那麼，林天賜跟葉素津呢？」

「他們沒有跟妳在一起嗎？」

「見鬼！」她生氣地把嘴嘟起來，嚷道：「一轉眼就不見了，我最初還以為你們開玩笑，後來我才——哼！一定是你們預先串通好的，故意把我甩掉！」

「天知道，」我隨即解釋；「人格擔保，我絕對沒有這個意思，要是……！」

「——不要解釋了，我不聽！總之，我心裏明白，你們過河拆橋！」三妹看起來像是生了氣。

我最了解三妹的脾氣，天大的事，三分鐘後便煙消雲散。所以當我辦完事要離開家裏回營房去時，她已經將先前的話忘記了，她送我到門口，又替我安排下星期日的去處，不過，她接著又補充一句：

「要是你們怕我礙事，就公開說好了，不要把人家一個人丟在路上！」

我笑了，用力拉了拉她的頭髮，說：

「那麼我也替你約一位『男生』吧！」

她臉一紅，掉頭就跑。我永遠不會忘記這一霎那間的景象，她是那麼純樸而美麗。假如那顆值得詛咒的炸彈稍為偏開點的話，她現在……。當然，她只比我小四歲，現在她不會那麼天真美麗了，但她是真實的，絕不會讓我只能在虛幻的回憶中接近她了。

那天路上為車輛耽擱了幾分鐘，回到營地時已經遲到了。這次遲到的後果幾乎要使我瘋狂：下個星期的外出假被取消了，同時還要處罰勞役。這就是說，我要等到半個月後才能看見許淑惠了——天！

我從隊長房間回到大寢室時，看見林天賜像以前我每一次回來時一樣，躺在床上望著天花板。但當我在他前面坐下來時，他霍地坐起來。

「怎麼這時候才回來！」他關切地問。

「唉！別提了！」我將下星期外出假被取消的事告訴他。他同情地望著我，沒有說話。

「今天你們走到那裏去了？」半晌，我發問。

「郊外！」他又在床上平躺下來。他的表情很古怪，我注視了他一陣，他發覺了，於是一種我所罕見的微笑開始從他的嘴角浮泛出來了。

「當然是郊外，」我大聲說：「難道逃警報會逃在城裏？」

「先在城裏，後來我們才到郊外。」他回答。

「緊急警報的時候你們還在城裏？」

「唔！」

一段短短的沉默。

我思索了一下，我認為要變換另一種方式去窺探他的心意了。於是也就索性躺下來。

「我覺得那位葉小姐很彆扭！」我故意批評道。

「唔，我也這樣覺得。」他接著我的話。

「她有沒有怪我跟許小姐故意躲開你們？」

「怎麼會呢，是我們先躲開的——她轉彎，我便跟她轉彎，我看見你們一直向前走。」

好了，問題愈來愈玄了。我瞟了他一眼，發現他安靜得像已經熟睡了一樣。

「你們談了些什麼？」我忍不住問。

「我們一句話也沒有說，」發現我坐起來盯住他，他認真地補充道：「真的，我不騙你，我們一句話也沒有說。只是分別的時候說了一聲再見。」

「你們就這樣在一起悶了半天？」

「唔！她走，我跟在旁邊。緊急警報響了，她不怕，我也不知道為什麼自己也不怕。」他開始敘述：「我們走到萬華她的奶媽家裏，在門口站了一會兒，後來，才沿著淡水河到大橋那邊去。」

他的話，我能不相信嗎？而且，這些怪行徑，我相信那位葉小姐也會做得出來的。不管怎麼樣，我有點替林天賜難過，也許當時他為了禮貌，他不得不奉陪吧。我真有點怪許淑惠為什麼要帶她一起來。

以後，我不再提這件事。

這個星期天，林天賜沒有告訴我便獨自走了，十點鐘左右，傳達兵到寢室告訴我，說有人來會我，我跑到營房門口，那位客人竟然是許淑惠。

「是林先生帶我來的！」她將手上的食物紙盒遞給我，然後說。

「那麼他呢？」我問。

「他走了！」她回答。

「他沒告訴妳，他要到那裏去嗎？」

她搖搖頭。其實，這並不是我所關心的問題。後來許淑惠告訴我，今天她並沒有約葉素津一起來——因為葉素津的家管束得非常嚴，同時她也覺得她太不容易與人共處。聽了她的話，我對林天賜今天所表現的「人情味」感激得無話可說。

那天，將近吃中飯的時候，警報又來了，直至下午才解除。由於我們的營房在郊區，因此我們仍然能夠安安逸逸地度過這個甜蜜的禮拜天。當我想到，林天賜和其他外出的同學們現在正在什麼地方躲警報時，我反而為自己的幸運深自慶幸了。

收假的時間到了，許淑惠才走。沒多久，林天賜回來了。我一眼便看出他有心事——至少是正有一件什麼事情在煩擾他。

夜飯後，他拉我到操場上去散步。這是以前從未有過的事情。我們默默地走著，直至走到操場那邊荒僻的盡頭時，他突然停下腳步。

「我要告訴你一件事！」他沉肅地說。

「什麼事？」我抑制著低聲問。

「我想逃走了！」

「逃走？」我吃驚地重複他的話，下意識地向四周望望。

「是的，我想逃走！」他注視著我說。

逃走！這可以說是我們每一個被征召的人都曾經想過的事情，但這後果太嚴重了，即使讓你逃脫了，你又怎麼樣生活下去？因此，當這個問題第一次在我的腦中浮現時，我只是略為思索了一下，便將它放棄了。固然，我們不願意去為日本人作戰，但在這種環境之下，逃避和反抗反而變成一種愚蠢的事情了。這幾十年來，這個島上的人都抱著一種介乎忍辱與苟安之間的傾向，凡事都聽天由命了。尤其我們這最不幸的一代。

林天賜看見我不響，他低聲問。

「你是不是害怕？」

我承認他猜中了我的心事，但我問他：

「難道你就不害怕嗎？」

「我也怕！」他誠實地回答：「可是我知道自己一定要逃走！」

「你什麼時候開始有這個念頭的？」

「上個禮拜天。」

「為什麼呢？」

「我不知道！」他咬咬唇皮，說：「但以我們所學的這門行業來說……。」

「這個我明白！」我很快地打斷他的話：「外科醫生也並不希望別人受傷的！問題是你有沒有考慮過這件事情的後果？」

「那麼你也考慮過，萬一我們被派遣到外島去，那後果你想過嗎？」他緊接著問。

我沒話說了。兩人再又開始走起來，沉默了好幾分鐘，我才問，但不敢回過頭去望他。

「你打算怎樣逃？逃到那兒去呢？」

「我正在想。」

「本來我應該和你共同計劃這個問題，」我困難地說：「但是你會了解，我不能連累家裏的人，我不能這樣自私——至於你的情形又當別論，你是獨子！」

「我的走，並不是為了家庭！」他瘖啞地說：「現在我才發覺自己真的有點自私了！」

「好吧，」我沉重地嘆了一口氣：「希望你在走之前先告訴我，我會盡我所能的幫助你！」

「我會的，你放心好了。」

之後，我隨時隨地監視林天賜的行動，而他在營中的生活卻很正常，比以前更規矩盡職。

我一面為他擔心，一面等待他將行動的消息告訴我。

自從那次談話之後，惟恐洩漏機密，我不再和林天賜談這個問題，甚至有時還故意疏遠他。但，平靜得像一局圍棋一樣，裏面充滿了機謀。

星期天又來了，我和他同時離開營地，我想借這個假日，好好地在家裏和他研究這件事。但我還沒開口，他卻先說話了。

「我今天不到你家裏去了！」他歉然地說。

我驟然震顫了一下。低聲問：「你不會今天就走吧？」

「別這樣敏感！」他笑起來：「走之前，我一定會先告訴你的——今天我要辦一點私事。」

我想，他也許要去安排什麼事情吧，因此我也不勉強他，分手時我希望他早點將事情辦完，在晚飯前到我家裏。

結果那天又遇著前所未有的大轟炸，從中午開始，直至夜間八時警報還沒有解除。我和家裡人一起疏散去郊外（許淑惠在午前正好回到她的家裏去），眼看城內一片火光，心情愁慘而沉重。驀然，我感覺到林天賜要逃走的想法是對的了，即使是死，至少我沒有遠離我的親人，免致朝夕兩地牽掛吧。

回到營地，我急切地要找林天賜談論這個問題，我想告訴他，我要和他一致行動。

但林天賜沒有回來。由於空襲的關係，有很多同學都未能趕回營地來。我焦灼地在寢室中等待，也無心參加同伴們的談話。過了九點，我開始懷疑林天賜已經走掉了，不然，也許在轟炸中……我不敢再想下去，盡量找些理由來安慰自己。

朦朧中，有人在搖我的手臂。我睜開眼睛，宿舍外廊的燈光在背後襯出林天賜的身影。

「你這個時候才回來？」我低促地問。

他用手捫著我的嘴，然後坐在自己的床上脫鞋襪和衣服。我困惑地望著他，他躺到床上，將被子蒙著頭睡覺。半晌，他將一小方紙頭塞到我這邊來。

現在我明白他用被蒙頭的原因，於是我也用他的方法，在被內用小手電筒看那張小紙頭。他用鉛筆在紙上寫：「五時在廁所見面，我先去，你再來，閱後撕毀。」

這一夜，我無法入睡，我很想用這種方式和他談，但要談的話太多了，才打消了這個念頭。

五點鐘衛兵換班時，林天賜先離開寢室，隔了一會兒，我跟著到營房盡頭的廁所去。

見了面，我和他先檢查過大廁所內確實沒有其他的人，我們兩人才開始低聲談話。

「我恨不得馬上就走了！」他激動地說。

「外面的事，你已經安排好了嗎？」我問。

「……」他頓了頓，說：「我顧不得那許多了，逃出去，先躲起來再說吧！」

「那太危險了！」

「這本來就是一件危險的事情呀！」

「話是不錯，我們既然決心走……！」

「我們？你說我們？」他截住我的話。

「是的。」接著我將自己的心意告訴他，他興奮得幾乎要叫起來。此後的兩天內，這個問題佔有了我們整個的生活。一有空，便跑到操場那邊去交換意見。

計劃到第三天，由於一個可能是謠言的壞消息開始在營中傳播開來了，說是我們在近期內便開拔外島，像這種消息，至少也鬧過五六次，大家都習以為常了。但現在對我們這個計劃，無疑是一個很大的威脅，事先防備總不會錯的。因此，在一次緊急會商之後，我們決定在這個星期天行動：先在市內躲起來，然後設法到台中去。至於到台中之後，林天賜說他的父親絕對會為我們設法掩護的。另一方面，由於日本軍在太平洋的慘敗，本土的空襲，使每個人都深信：戰爭已愈來愈近了，而結束的時間也並不會十分遙遠。我們只要能將這段惡劣的時期躲避過去，便可重新獲得生命和自由了。

作了這個決定，我自然而然緊張起來。我們曾經想過，假如這個星期天再來一次大空襲就好了，我們便將一些能夠證明自己的身份的衣物放到被炸的現場上去，讓他們以為我們已經被炸彈炸死。我們也想過……！

總而言之，我們連所讀過的偵探小說上的一切技巧都想到過了。開始一段時期，我的確突然失去了信心。但隨即又堅強起來，同時這種意志愈來愈堅定。

第四天平安地過去了。

第五天也平靜地過去了……。

第六天和往常並沒有什麼異樣，天沒亮便起床、上課、操作——排教練。隊長和班長的吆喝我再不感到畏懼了，我用一種類乎喜劇的心情去接受這種無理的折磨。我偷窺林天賜，發覺他正望著我微笑。

這天夜晚是令人難忘的，甜蜜而安靜，連夢中的地獄都充滿了喜悅——驟然，尖銳而淒厲的緊急集合軍號將我們驚醒，我們在昏迷中還來不及辨清眼前的事實，命運的黑翅已經蓋遮過來了……。

四

就像是一場惡夢，事情發生得那麼突然，使我們連半秒鐘思考的時間都沒有，便倉倉皇皇地被押送上（事實是如此，雖然是在夜裏，但我們仍然很清楚地看見四周佈滿了荷槍實彈的士兵）卡車，送至碼頭，在天亮之前，運輸艦已經離開臺灣了。

在這整個的過程中，除了和林天賜交換一次絕望而無助的眼色，我們始終沒說過半句話。他激動得發抖，當我們在操場上點名登車時，他突然緊緊地捏住我的手，上車後，他假裝嘔吐，然後佔著車後的座位。我馬上意會到他要做什麼了。但事實上不可能，車輛是一輛接一輛行進的。上了公路，我發覺他也明白這一點了。他瞠視著我，眼眸閃耀著淚光。

我們就這樣離開了臺灣，到達××島。現在我不願回憶當時那種慘酷的情形，有時我偶然想及都感覺到是一種罪惡。除了地獄這個字，我無法形容那個不幸的地方……。

但，它對於我這個故事並不十分重要——只有一點，那就是林天賜是在那兒戰死的，而我卻是在那兒被俘的。事情的發生正如我們離開臺灣的那個晚上一樣：混亂，癲狂。我們在岩洞裏忍受了十小時以上的轟炸和炮擊，恐懼和饑渴使每一個人的眼睛都充血了，喉頭乾澀欲裂。我們在那像死亡的命運一樣黑暗的洞窟中等待著——等待什麼呢？誰也不知道，但每個人心裏都很明白！矛盾吧？這就是戰爭！

砲聲愈來愈近，我突然意識到林天賜就挨坐在我的右邊。其實，他始終沒有離開過我，我碰碰他的手，他木然不動。

「天賜！」我用幾乎連自己都聽不見的聲音喊道。

「呃，」他依然緊靠著石壁，自語道：「我要出去！」

一發砲彈就落在洞穴的附近，我只感到一陣眩目的震顫。體內的空氣整個被抽吸出來了，我感覺自己在逐漸地縮小、縮小……煙屑中，叫號、哭喊、呻吟、騷亂地向外奔逃……。

——黃昏的時候，我們在岩洞附近一個彈坑的旁邊找到那些同伴殘缺的屍體，林天賜所站的位置大概就在彈著點吧，除了一只遺棄在地上的小背袋，他完全化成了灰燼。他們將他的背袋交給我，裏面裝有他僅有的一點遺物：一本袖珍戰地記事冊。這種褐色封面的小冊子，我們每個人都有一本（我們在臺灣入營時發給的），但，他的那本小冊子，卻記述下一個秘密——他始終對我隱瞞的秘密。

第三天，我和其餘幾十個臺灣籍的同伴被俘了。林天賜這本小記事冊便成為我的恩物，因為除它之外，我便沒有任何一個可以傾心相談的朋友。我在俘虜營中，幾乎每天都看上好多遍。它記述著林天賜入營後的生活、思想和活動——最初的一段日子，他寫了許多關於莊玉蘭的，他雖然對她不免有點負疚的心情，但他認為這樣做是一件非常對而且是道德的事；他強調愛情，他說愛情就是愛情，正如神就是神，是絕對的。談到這個問題，他便提及我，覺得我很可憐，他認為我太「俗」，缺乏他那種「超越的情操」……。

然後，從那個星期日，我拖他到家裏去的那天起，他便記下他的秘密。現在，為了這個故事的真實和完整，我將他的日記中比較重要的幾頁節錄下來。我知道這種形式和技巧是很不合適的，但，我認為真實的醜陋要比虛偽的美麗好，尤其是在藝術創作上。

×月×日　日曜日　晴

這就是我所夢想的「愛情」嗎？這就是所謂「緣」嗎？當我感到最空虛、痛苦而憂愁的時候，哲雄的邀請竟然奇蹟般地將我從這可怕的命運中解救出來。我多麼感謝他，以及他那如天使般可愛而仁慈的三妹。但，原諒我吧，我得保持這個神秘的愛情秘密——即使是她，我也不能輕易洩露的。

我相信哲雄絕對沒有發覺，愛情在我的心靈上的變化，他被自己的幸福淹沒了。啊，天！從我第一眼看見她，我便知道一切都決定了！我像是從我認識愛情的那天起，我便認識她，我對她竟然是那麼熟悉：短髮，傲人的雙眸，有教養的美麗的鼻子的輕微呼吸，沉默的嘴和靜止的笑，這一切都象徵著愛情的神聖和莊嚴。假如我將這些話告訴哲雄，他會連夢中也要嘲笑我。原諒吧，原諒一切吧！他是我唯一的好友，但不幸他卻是一個世俗的人，他永遠缺乏一種超越的情操，美的感受！我甚至同意他應該放棄醫學。

她的沉默，使我聽見她和我一樣寂寞的心聲；她的逃避的目光，使我從靈魂的折射中窺見她的渴望。在到圓環的路上，我故意走在她的後面，這樣，我便能夠更仔細地端詳她。我發覺她似有所覺——醫學上也說人類有這種感覺的。警報來了，我在狂亂中尋找到一種安定。我仍然跟著她走，不慌不忙地走，我們離開哲雄他們，轉了彎，我們竟然向死亡走去——多愚昧而可愛的事情呀！

我隨著她走到萬華一條髒而狹窄的巷子裏。她為什麼要到這兒來呢？我並沒有去想這個問題，我只覺得她身上那套潔淨的北高女校服在這零亂而頹敗的環境中是那麼觸目，宛如一朵泥中的白蓮。

她終於在一幢矮小的、將要傾坍的木樓前停止腳步。她注視著小樓，很久很久，她才慢慢地回轉身。

「你為什麼要跟著我？」她平靜地問。

「我不知道！」我微笑著回答。

「你不怕轟炸嗎？」

「妳呢？」

「我不怕！」她有意味地笑笑：「我相信命運！」

這委實是一件不可思議的事！我想問她：妳相不相信「緣」，但我卻說：

「妳為什麼要到這兒來呢？」

「我喜歡這個地方！」她滿足地回答。

「喜歡？」她的話使我不得不重新打量四周的景物，但我發覺它是那麼平庸和醜陋。

「對於我，這兒有紀念價值，」她望著小樓開始說：「這十多年來，我一直想到這兒來看看，但，我又不敢來。我還記得，當奶媽在小時帶我來而讓家裏發覺後的情形。不過奶媽還是時常偷偷地帶我來，因為這是她的家！」

我望著她，發覺她的笑有令人難以想像的美。但，她隨即又將發自靈魂的笑意收斂了。

「現在你已經來了！」我說。

「嗯，沒有人會發覺，」她真純地接著說：「假如我再不來，我就會將它完全淡忘了！」

「那麼現在妳的奶媽呢？」

「在我家裏——她已經老了，她的丈夫死了之後她就開始老了。有時，我慫恿她和我偷偷地到這兒來一次，她都不肯。她不是怕我家裏知道了要責罰，而是怕……大概是怕想起以前的事吧！」

「這倒是一篇很美的故事！」

她突然扭過頭來吃驚地望著我。

「什麼事？」愣了半晌，我低聲問。

「你這句話是我說過的！」她正色地回答。

我笑了。後來我們繼續談了很多話，我發覺她對小時很多事情都很迷信，比方：那座小樓，她就覺得它本身就是一個不幸的悲劇的暗示。

轟炸時，我們並肩站在矮簷下，傾聽著，在每一發爆炸聲後，都引起我們一陣類乎癲狂的笑聲。

警報聲解除後，我們漫無目的地向郊外走去，她坦率地告訴我關於她家裏的情形。她父親是一個嚴厲而冷酷的人，他將權勢看得比家庭為重，因此，她的家已失去了意義。它的一切，只有一個目的，只是在顯示和炫耀著父親的功業，那屬於他個人的在社會上的超越地位。她的母親就在這種長期的忽視中病逝了，她的兩個哥哥變成了裝飾這個家庭的木偶，還有一個已養成怪癖的老處女姐姐，以及一個一點也不活潑的弟弟。老奶媽，便是唯一的最親近她的心靈的人。

我靜靜地聽著，她的聲音刺痛我！她為什麼要向一個陌生的人說這些事情呢？可憐的人！和我一樣可憐的人。

×月×日　月曜日　陰

對哲雄隱瞞葉素津的事使我不安。但，從他的語氣中，發覺他並不了解她！她並不是個傲慢的人，更未自炫她的高貴，她只是寂寞和孤獨而已。

她昨天說：有時她會對著鏡子獨自說半天話。今天我也試過了，我發覺自己也可以。

……

×月×日　　木曜日　　晴

我要看見她，我只能想她，我還能說些什麼呢？

啊！這個時候，她在那幢連呼吸都聽得見的家裏……唉，無聊，我想這些幹什麼。

×月×日　　水曜日　　晴

哲雄為了被取消外出假快要瘋了！現在他該了解愛情並不如他所想像的那麼單純了。

以前，我受不了這種野蠻的軍事教育，但這兩天我反而安之若素了！肉體是多麼渺小啊——在心靈上，我是個勝利者，肉體上愈是受到磨折，靈魂上我愈是滿足！

天，還有三天，我又可看見她了！

×月×日　日曜日　晴

為了要讓哲雄感到驚奇，今天我出營時故意不去告訴他。到了他家裏，才知道葉素津並沒有來。三妹說她已經整個星期沒看見她了。當時我想問葉家的電話號碼，但又覺得不妥當而作罷，我後悔上星期竟會忘了約她。

我將哲雄的事告訴許淑惠，同時要她到營房去陪他。然後，我走出來。半個鐘頭之後，警報又來了，我忽然覺得，我應該到那條小巷子去。我幾乎敢肯定地說：她一定也會到那裏去。我為什麼會有這種感覺呢？我不明白。但當我跑到那兒去時，才發現她並不在那兒。

我失望得連再走動的力氣都沒有了。在簷廊下的一張木凳上坐了好些時候，我才站起來，當我正要離開，背後忽然有人喊我的名字，我急忙回扭身，但，並沒有人，最後，我才發現——她！是的，是她！她的臉出現在小樓的小窗格後面。

「啊！是妳！」我發狂地跑到窗子下面，向上喊著。

她只是望著我微笑。

「妳什麼時候來的？」我笨拙地問。

「比你早。」她安靜地回答。

「妳就坐在這個窗子前面嗎？」

「唔。」她點了點頭。

「那麼妳是看見我來的了？」

「唔。」

「為什麼妳不早點叫我呢？」我抱怨地說：「我在這兒差不多站了將近一個鐘頭了！」

她低下頭，大概是看錶。「不對！才不過二十六分鐘！」

我笑了。同時，仰著脖子使我的後頸感到酸麻，於是退後幾步，繼續抬起頭和她說話。「上面只有妳一個人？」我問。

「唔，」她回答：「現在是警報呀，誰還留在家裏。」

「那麼你不怕？」

「——你呢？」

憑良心說，我平常就不是一個膽子大的人，但，現在當她提起這個與生命相關的問題時，我反而覺得一切都很可笑了。什麼事情使我對一切——甚至生命，都無所畏懼呢？是愛情嗎？是的，我想。不過，除了愛情，應該還包含有某種特殊而神秘的東西，我所不了解的東西。

她看見我不答話，於是再重複一句。

「你害怕？」

「是的，」我誠實地說：「所以我到這兒來了！」

我看得出她對我這句話困惑和吃驚的程度，她張大著眼睛，注視著我。我也睜睜地望著她。很久很久……我忽然發覺自己不知道在什麼時候上了樓，就站在她的面前了。

這座小木屋很古舊了，只有八疊大小，梯口有一塊活動的木板蓋著，兩邊是發黃而有水漬的粉牆，後面伸出去一小間可以作為廚房的地方，但可以看出已經很久沒有用過了，水槽結著一層青黃色的塵垢；前面，就是一個與蓆地平行的木格子窗，可以看見外面的薄瓦屋簷。

葉素津就靠著窗子坐在蓆地上。她仍然睜睜地望著我，在這並不十分明亮的光線下，我可以看出她那有點憂鬱意味的眸子裏所包含的全部思想：她和我一樣不快活，而且寂寞。我慢慢地在她的身旁坐下來，緊急警報突然尖銳而淒厲地吼起來，我們同時抬了抬頭，於是我拿起她的手——我們就這樣對望著，始終沒有話說……。

直至一枚炸彈挾著一種可怖的嘯聲在這巷子的附近爆炸，我們才從這種極度的迷惘中醒覺過來。

這短短的一刻是神奇的。被熱力所激動的空氣像驟至的暴風，破片在煙屑中飛揚，門窗、瓦礫和泥土；被砍斷的樑柱、傢俱；被撕碎了的……！

騷動！癲狂！毀滅！

然後，是絕對的靜默。

啊，天！饒恕我在這之間所做出的事，我的意志所無法拒抗的事——是的，我們驟然被拋跌在蓆地上，我們緊緊地擁抱著，破了的窗格橫在屋角，屋瓦和灰土散落在我們的身上。我們擁抱著，我吻她，吻裏有著砂土……。

一切都過去了。我望著被炸去的一角，而四周滿是窟窿的屋頂，素津的頭髮使我的頸項感到騷癢。很久很久，我才從虛渺中攫捉住一點思想，於是我移頭去望她——她正望著我，眼中有淚光，但她卻在微笑。

「素津！」我喊著，再去擁吻她。然後，我掙脫她的手，坐起來，緊緊地用手蒙著自己的臉，我發覺她也跟著坐起來。她的手從後面圍過來緊抱住我。

「天賜！啊，天賜！」她激動地喊著。

我竟然哭起來了。

「你怎麼啦！」她吃驚地靠近我，要拉開我那蒙著臉的手。

「你怎麼啦？」她重複道。

「我不知道我會做出這種事，」我喃喃地說：「我一點也不知道，我不是存心這樣的！」

「我也是，」我聽她用一種平靜的聲音說：「我和你一樣，但是，我不後悔——永遠不後悔！」

現在，吃驚的是我了，我放下雙手，凝神望著她。

「你也不後悔嗎？」半晌，她認真地問我。

我怎麼回答呢？語言都變成一種最不確切而且是虛偽的東西了。除了擁抱、吻和愛撫，我不能用任何一種方式表達我的心意和愛慕。

最後，她推開我。

「我覺得，你像是有什麼困難似的？」她望著我說。

「是的，我曾經有過困難。」我誠實地回答：「但現在都已經過去了——不，妳不要問，我現在就要把整個關於我的事情告訴妳！」

於是，我開始將莊玉蘭和我的事情，毫不隱瞞地告訴她，她耐心地聽著，不斷地輕吻我的手。

「所以，」當我說完了我們的事，我回頭去對她說：「我提議馬上通知家裏，我們馬上就結婚！」

「不！不可以的！」她霍然坐起來。

不可以？這是我想像不到的回答。她覺察到我的反應，於是握著我的手，委婉地解釋道：

「別傻！我的意思是——馬上結婚是不可能的。你也得替我想想，我的父親恐怕不……！」

「這可以由我家裏出面呀！」

「問題不在誰出面，而是他們能不能接受！」

「接受，不能接受妳？」

「不能接受我們要結婚這件事情！這事情太突然了，太快了！連我都有這種感覺。」說著，她靠到我的胸前：「而且，目前你也不應該結婚，要不然，對莊小姐來說，未免太殘酷了。」

「但，她會諒解的……！」我困難地說。

「這只是安慰你自己的話，」她不讓我說下去，接著說：「我同意她的做法——真的，天賜，你可以安心地走，用不著顧慮我，等到你回來了，我們再討論這件事吧！」她就是這樣固執。

回到營裏已經夜深了，我將我的計劃告訴了哲雄。

×月×日　月曜日　晴（下午陰雨）

無論是為了素津，還是自己，我必須要這樣做，我發現除了想念她和思慮這件事，一切都變得毫無意義了。今天，哲雄對我的態度有點不同（也許是心理作用吧），總之，他的顧慮是值得原諒的……。

我又想起素津了。命運之神為什麼對我那麼殘酷呢——對了，她也說過「這件事」對玉蘭太殘酷這句話。她竟然同情玉蘭，甚至還同意玉蘭的做法。我不能了解她！唉，才相聚兩天便談了解，我實在太狂妄了！

但，這兩天和兩個世紀，又有什麼分別呢？

這就是愛情啊……！

（以下的幾天，林天賜在日記中所寫的，只是對葉素津的愛戀和思慕。同時，也提及逃走的事。他每天都擬定一個新的計劃，但第二天又推翻了。總之，可以從他的痛苦和矛盾中，看出他對這件事的決心和迫切。星期五和星期六是空白。）

×月×日　日曜日　晴

到達小樓時，我愛已先我而至。

我們整個地陷於燃燒的激情中。我不能離開她，即使是死！當我將整個計劃告訴她時，她顯然是被這件事所震駭了，她瞠視著我，然後像是害怕我會突然失去似地緊抱著我、吻我，她說她害怕！

我何嘗不害怕呢？不過，為了她，為了這奇蹟般在瞬間浸潤著我整個生命的愛情——或者為了任何一個理由，我絕對不能離開她！

……

哲雄的改變主意使我困惑，但我並不懷疑。誰願意去送死呢？何況，許淑惠已經是命中註定是他的了，正如葉素津命中註定是我的一樣，難道他就沒有我這種念頭！

現在，我不再感到孤獨了。我要好好地和哲雄計劃這件事。我明白，面對愛情，只要獻出真誠的心靈和勇氣，但面對命運，卻要交付出一切——我早就交付出一切了！

「我早就交付出一切了！」

這就是林天賜的日記中所記述的最後一句話。由於他的死亡，使我時常思索一些我以前從未想過的問題。他曾經說過（我懷疑這句話真的是從小說上看來的，他時常將他自己的格言加上一些哲人文豪的名字）——醫學使我們太重視肉體而忽視了靈魂。

之後，我開始從回憶中根據他所說過的話，所持的觀點，去探索他的思想。我後悔以前太不瞭解他。

不過，這種悔恨當我結束兩年零四十七日的俘虜，再回到充滿了溫暖的陽光的臺灣時，我的苦惱被家中「傳統氣氛」所遮蓋了。我的生還掀起了一陣狂歡，但，我愈顯得憂傷。我從這次罪惡的戰爭中逃出了死神的手掌，但它卻攫去了我三個弟妹，可愛的三妹就在其中。

這一段日子，我是非常痛苦的，當我看見三妹和那兩個活潑的小搗蛋的遺物；當同隊難友的家屬向我詢問他們已死去的兒子；當我想起林天賜——最主要的，許淑惠始終沒有來。以前三妹是我們的橋樑，現在這座橋樑斷了，我甚至連她的家在那裏都不知道——她說過，但我沒將它記下來。我想：她已經離開了臺北？嫁了？還是和三妹的命運一樣……？

五

在一場颱風過後的第二天，我靜坐在後院的走廊上望著陰沉的的天空出神。這天家裏很靜，父親上班，弟妹們上學，母親帶著兩個小的到外婆家去了，家中只賸下我一個人。

忽然有人在敲門。大概是來收電費或者自來水費的吧。於是我大聲喊道：

「請進來！」

拉門緩緩地響了，但我聽不見什麼聲音。我有點不耐煩地跨過席上放滿了雜物的客廳，一眼便看見許淑惠站在玄關下面。

「啊！淑惠！」我失聲叫起來，隨即，我發狂地走出去，拖著她到屋子裏面來。

「你總得讓我把鞋子脫掉呀！」

「進去再說！」我將她安置在那個坐下來比較安全的單人沙發上（其他幾個都太古老了），然後面對著她在小矮桌上坐下來。

她沉靜地脫掉鞋，然後將鞋子拿到玄關上放好，再回到小沙發上來。

「好了！」她望著我微笑。我發覺她長大了，至少高了一吋，顯得更端莊更成熟了。

「我回來快十天了！」我說。

「我知道，」她回答，然後低下頭：「我以為你會來看我的。」

「妳知道我不曉得妳的地址，臺北那麼大……。」

「我告訴過你的！」她抬起頭。

「但是我忘了，」我急急地解釋：「以前有三妹……而那個時候妳又不讓我給妳寫信。」

她露出一絲自嘲的笑意。沉默了一陣，她低聲問：

「你不準備唸完醫科嗎？」

「我正在考慮。」我喃喃地回答。發覺她困惑地望著我，於是我接著說：「我不想再讀醫科了。」

「為什麼？」她低促地問。

「沒有什麼真正的理由，」我避開她的視線，緩緩地說：「呃，我發覺自己沒有信心了，做一個醫生是要有絕對的信心才行的！這……妳不會了解，一個人打過仗，接近過死亡，他就會變的——我承認我對很多的事情都改變了……我認為，我先要重新認識自己，才知道應該怎麼樣生活！」

她輕喟一下，微微地點點頭。停了停，她故意把話岔開。

「林天賜怎麼樣了？」她問。

「死了！」我痛苦地回答。

「死了？」她不敢相信地重複著這兩個字：「公告上說你們是一起失蹤的！」

「當然。軍部的公告總是避免寫死字的。」

「你看見他怎麼死的？」

「沒有，」我說：「和他在一起的人的屍體都找到了，我們只找到他的小背袋。」

於是，我簡略地將當時的情形向她複述一遍，她忽然悽痛地掩面哭泣起來。

「可憐的葉素津……！」她哽咽地唸道。

「葉素津怎麼了？」我搖著她的手臂。但她並不回答，很久很久，她才止住哭泣，用一方小手絹細心地拭乾眼角和臉上的眼淚。

「可憐的葉素津！」她再重複一句。

我注視著她，等待她說下去。

「她和林天賜的事，你知道嗎？」她忽然問。

「我知道一點，」我回答：「我看了林天賜的日記。」

她像是不相信我的話。她認真地問：

「你知道的是什麼事？」

「什麼事，」我困難地用手勢輔助我那不能說完整的語句：「他們，我是說，他們……」

「她替林天賜生了一個兒子！」她重又低下頭。

現在感到大大驚異的是我了。我急急地問：「生了一個兒子？那，那麼她家裏……！」

「你們走後沒幾個月，她父親就把她趕出來了！」

「啊！天……！」

「這是她奶媽告訴我的！」她繼續說：「素津始終隱瞞這件事。她的家，父親，都忍受不了這件事實，結果，她就搬到奶媽的家裏。養了孩子我才曉得，不過，我還沒有見過她，奶媽叫我不要去，她誰也不願意見。」

「她父親未免太狠心了，不是自己的親生女兒嗎？」

「光復之後，她父親就被政府抓起來了，他是漢奸，這一來，這個家也散了，房產被查封了，她的哥哥和姐姐被她的叔父接回福建老家。素津不肯去，就跟奶媽住在一起。」

「她怎麼生活呢？」

「起初還叫奶媽去變賣一點她自己的東西，不過奶媽說，她都替她留起來了，奶媽自己還有一點積蓄。素津的脾氣你可以看出來的，我想幫忙也沒用。後來聽說一邊在家裏照顧孩子，一邊糊紙盒……。」

「糊紙盒？」

「一毛錢五個！」她頓了頓：「現在聽說是去紗廠做女工了——我真想不到她這樣固執。有一次我去看她……！」

「是不是在萬華區的一間小木樓上？」

「你怎麼知道？」

「林天賜的日記上。」

「唔——結果你說怎麼樣？她躲開不肯見我……！」說著，她又低泣起來。

我不去安慰她，閉了一會兒眼睛，我提議道：

「我一定要去見她！」

「要將林天賜的事告訴她嗎？」她問。

「為什麼不告訴呢？」我解釋道：「她忍受一切困苦和磨難，目的只是等待林天賜回來。她永遠存著這種希望。但事實上是不可能的，林天賜已經死了！我們不能這樣殘忍，看著她這樣下去！」

「你有沒有想到過，你把真相告訴她的後果嗎？」

「她既然能夠忍受到現在，就證明她是一個意志堅強的人，而且，她還有孩子，我相信她不會做出什麼傻事來的。」

「……」

「難道妳忍心讓她一直這樣毫無希望地等下去，痛苦下去嗎？」

淑惠算是被我說服了，她答應明天和我一起去看葉素津，我們商議好，要帶點禮物去給她和她的小寶寶。

結束了這段談話，她看看錶，說是有事要走了。我送她到玄關上。當她穿好鞋，回過身來向著我時，我才想起自己忽略了一件最重要的事，於是帶著些微惶亂的神情走下玄關，握著她的手。

「淑惠，」我訥訥地說：「這些時候，妳好嗎？」

她抑制地咬咬唇皮，笑著回答：

「很好，你呢？」

「我也很好，而且已經回來了。」

多可笑的對話，沉默了一陣，她又假意地看了看錶，裝出認真的表情說：

「我真的要走了，要不然……！」

「——不要走，淑惠！」我截斷她的話：「我們還沒有說過一句話呢！」

「胡說，我們已經談了半天了。」

「我們只談別人，並沒有談我們自己的事。」

「你要談什麼？」

我望著她有半分鐘，然後慎重地問道：

「妳已經有男朋友了——不！不要隱瞞，我是經得起打擊的，坦白點說吧！」

她猶豫了一會，終於點了點頭。

「是的。」她回答。

我深深地吸了一口氣，然後搓搓手掌，極力使自己顯得更自然一點。

「這樣說，你們已經很要好了？」

「是的，」她平靜地微笑著，我有點痛恨她這種微笑：「我們很要好。」她又補充一句：「但我還在等……！」

「馬上結婚呀！還等什麼呢？」我暴躁地提高了嗓調。

「等他向我求婚！」

「怎麼，這傢伙還沒有向妳求婚？」我看見她笑著點點頭。忽然，我想起一個奇怪的念頭，使我驟然燃燒起來，我緊緊地捉住她的手，嚴重地說：

「淑惠，我得警告你一件事！」

「你說呀！」

「妳要當心這個傢伙！」

「為什麼呢？」她驚異地反問：「他並沒有什麼不好呀！」

「我覺得他缺乏誠意！」我肯定地說。

「誠意……！」她輕輕地唸著，像是聽不懂這句話。

「不是嗎！」我急忙地以一種嚴重的口吻接下去：「妳想，假如他有誠意，像妳這樣的女孩子，他早就應該向妳求婚啦！」

「哦，」她笑著點點頭，然後有把握地說：「我相信他會的，我在等……！」

「等？」我的聲音嚇了自己一跳，許淑惠卻掩著嘴笑了。我一時氣憤得不顧一切地捉住她。

「啊——你捏痛我的手臂了！」她喊道。

我並沒有放鬆，將她更近一點，我困難地說：

「好吧，淑惠我……先向妳求婚！妳知道，嫁了我，我會愛護妳的——妳在我們之間選擇一個吧，」我放開她，但接著又補充一句：「可是妳別忘了，我比他先認識妳，而且是先他向妳求婚的！」

「我知道。」她撫著被我捏痛的手臂。

「妳怎麼決定呢？」

「你要我現在就回答你嗎？」

「嗯，馬上，我連半分鐘都不能等待了！」

她注視著我好一陣，我知道這並不是猶豫，而是在堅強內心的信念。她終於微微地笑了。

「好吧，哲雄，」她故意模仿我剛才說話時的腔調說：「我得走了！你可以馬上準備作一個新郎吧！」

六

一星期後，我便和淑惠結婚了。

在結婚的前三天，我們抽空去看葉素津一次。而那次拜訪是我數度催促才能成行的；淑惠不敢去看她，因為她不忍心看見她目前這種淒涼而悲慘的樣子，而且，她知道我必須將林天賜的事告訴她，她害怕會發生什麼不好的後果。去時，我們帶了一點送給孩子的禮物，購買這些東西時也頗費心思。太貴重了，怕她不肯接受；太輕了，又覺得不足以表達我們的心意。

當淑惠引領我走進萬華區一條小巷子裏時，我有一種親切之感，因為眼前的景物，天賜在日記中曾描寫過，而又是那麼令他心醉。

「這兒確實是一個很美的地方！」我輕喟地說。

「是的，很美，」淑惠接著我的話說：「大凡美麗，都含有一點悲劇意味。」

走到巷子的中段，我很快地便找到林天賜在日記中所寫的小木樓。雖然光復後臺北的原貌都已經改變了，但，這個區域仍然保持著以前——甚至幾十年前的老樣子。頂多，只是換了兩條浸過防腐劑的電燈柱，溝渠和堆垃圾的地方稍為整理過而已。

它，這座小木樓，我想它並沒有什麼改變，除了格子窗後面垂著一條藍花布的窗帘之外，一切都是我所熟悉的。淑惠向窗子望望，嘴裏喃喃些什麼，便領著我向邊上的木門走去。

樓上和樓下是分開兩家人家居住的。跨進矮矮的小木門，便看見淑惠和一位坐在梯腳的自來水龍頭前洗滌衣物的中年婦人招呼起來。

「啊，許小姐！」這位被淑惠叫做奶媽的婦人連忙站起來，她望望我，然後一邊在衣角上抹手，一邊說：

「妳好久沒來啦！」

「嗯。」淑惠應著，轉身替我向她介紹：「奶媽，我跟妳介紹簡先生。他就是林先生的同學，剛剛被遣送回來！」

「林先生？」奶媽茫然地望著我，但臉上的神情驟然間起了變化，顯得有點驚惶起來。

「啊，簡先生就是……」說著，她慌忙地拉住淑惠的手：「請上樓去吧，我們上去了再說。」

上了樓，我們發現房間沒有人。

「素津呢？」淑惠回轉身問。

奶媽又瞟了我一眼，有點遲疑地說：「她，她去送東西去了——啊，我去給你們拿茶。」

她出了房間，拉上紙門，我和淑惠不約而同地回頭向窗前矮桌那邊望。桌上放有一缽漿糊，兩邊堆滿了彩印的硬紙片和一些糊貼好的小紙盒。是裝一種什麼牌子的面霜的。我很快便從室內這些簡陋的陳設上了解葉素津的生活狀況。我望著一個掛在牆上的小鏡框，裏面鑲著一張葉素津在學生時代所拍的照片。我又回憶起以前的事：當三妹第一次帶她到我們家裏來時，她的髮型、服飾，以那種高貴而略帶矜持的意態……。

奶媽端著一個小茶托進來了。她顯然是在外面哭過，眼睛紅紅的，跪坐在淑惠的身邊。

「她馬上就要回來的，」她瘖啞地說：「工廠就在前面。她把孩子也抱去了，你們請喝茶！」

「……」淑惠啜了一小口茶，然後關切地問：「她最近怎麼樣？」

「還不是老樣嗎？」考奶媽望了望牆角：「苦是苦一點，但總可以過活的……。」

奶媽傷心起來，開始用一方小手帕拭眼角。這種氣氛使我們很窘。沉默了一陣，她嘆了一口氣。

「最初，我怕她吃不了這個苦，」她低聲說：「現在，我算是放心了，我只擔心她將來……！」她抬起頭來望著我，像是要從我這兒獲得解答似地，頓了一下，她沉肅地問：

「簡先生，是不是林家少爺有什麼壞消息！」

我一時茫然不知所答，求援地望望淑惠，我發現她軟弱地垂下頭。

奶媽開始悲痛地哭起來了。她一邊哭，一邊用含糊而哽咽的聲音敘述葉素津所受的磨難，她說及當她發現葉素津已經有孕時，曾經要她去拿掉孩子，因為這是不堪設想的。但葉素津卻反對這樣做。

「她像是早就料到這種結局似的，」奶媽繼續說：「她說林少爺這次出征，回來的機會是很少的，肚子裏的孩子是林家的命脈，她無論如何要替他留著——現在，竟然給她說中了，以後這些日子怎麼辦呢？」

這個問題是我們所難於回答的。猶豫了一下，我才說：

「所以，今天我要淑惠帶我來，我要……！」

「你要把林少爺的事告訴她？」奶媽低促地問。

「嗯。」我點點頭。

「不！你不能這樣做，」淑惠忽然叫起來，接著，她忍不住哭起來了：「這樣太殘忍了！」

「要她這樣無望地苦下去，等下去，不是更殘忍嗎？」我平心地解釋。

奶媽的情緒漸漸平復下來了，她怔怔地望著窗前一個什麼地方，喃喃地自語道：「簡先生這樣做是對的！」她回過頭：「你們放心好了，我會照顧她的。」

再過幾分鐘，樓梯響了，我們同時站起來，向著紙門。接著，紙門開了，我看見一個面色蒼白、披著一頭長髮的小女人，站在門口呆呆地對著我望。因為她背後揹著一個孩子，所以顯得她的身體更瘦弱，她穿著一件黑色的洋服，剪裁得並不合身，手上提著一個小布包。她的形態就像是我們菜市上隨時可以遇見的、那些環境困苦的女人。

她就是葉素津嗎？我問自己，但這是無可置疑的，她除了神情上顯得有點疲乏之外，沒有絲毫改變，甚至她的嘴角仍含著那種矜持傲慢的意味。

「是你！」她發出一種乾澀的聲音。

我們三個人依然愣著，注視著她。我可以從她那雙孕滿了哀愁的沉黑的眸子裏窺見她靈魂的顫動，像狂濤的不可抑止的奔瀉，霎時間，淚水將一切都模糊了。直至我感到臉上有微癢的感覺，我才發覺哭的是我自己。

我忘了以後我是怎麼將天賜的事情告訴她，我只記得她始終沒有哭，她的平靜和安詳使我顫慄。最後，我將天賜那本日記交還給她時，她甚至微微地笑了。我們就這樣默默地愣了好一陣，我實在沒有勇氣再說半句話，而淑惠因為要抑制著不讓自己哭出來已經微微地在顫抖了。她忽然深深地吁了一口氣，緩緩地抬起頭。

「謝謝妳們這樣關懷我，」她開始用一種略帶瘖啞的聲調說：「從我看見天賜的第一天起，我就有一個不幸的預感，我知道會有今天的——今天這種情形，不知道是在夢裏？還是在什麼地方？我曾經經歷過了……！」

我們憂慮地望著她。她像是突然窺透了我們的心事。

「我有點語無倫次吧？」她摸摸微沁著汗的額頭，故意拿起我們帶來送給孩子的禮物，再謝一遍。

發覺這種氣氛不適宜再坐下去，我和淑惠借故要告辭了。她並沒有強留，當淑惠說她會時常來看她時，她露出一絲淒涼的笑意，送我們到梯口。我們下樓再回頭向上望時，她仍然站在那兒，但已熱淚盈眶了。送我們出門口時，我們再三叮囑奶媽，要她特別當心葉素津，因為看她剛才那種意態，很可能做出什麼傻事來的。同時，我還將我家的地址留給她，要是萬一發生什麼事，可以馬上來找我。

歸途中，我和淑惠始終沒說話，她不斷的用小手絹揩拭著眼角。走到西門町鐵路平交道口時，碰巧遇著一列長長的貨車駛過，這嘈雜的聲音使人感到出奇的煩亂。

「你用不著送我回家了！」當火車駛過後，她焦躁地說。

「妳怎麼啦？」

「沒什麼，」她苦惱地回答：「我只覺得有點疲倦，明天中午我們再見面吧，我想在明早再去看看素津。」

「妳不會把我們結婚的事告訴她吧？」

「你放心，我知道應該在什麼時候才能告訴她的。」

這天晚上，我的睡眠很壞，連續的被幾個可怕的惡夢驚醒，但醒來又對這個惡夢毫無記憶。我第一個思想，便想到葉素津。

「她不會做出什麼傻事來吧？」我不斷地問自己。我真的開始後悔將林天賜的事情告訴他了。

第二天，我起得較遲，當我將頭浸在臉盆內清醒自己的頭腦時，淑惠氣急敗壞地闖了進來。

「發生了什麼事？」我用力搖撼著她：「淑惠，究竟是什麼事呀！」

「素津，她……！」

「她怎麼啦？」我急急地問。

「她昨晚搬走了！」淑惠喘息著說。

等到我明白她這句話的意義，我整個鬆弛下來。

「啊！感謝上帝！」我唸著，跟著又笑起來了。

「你笑什麼呀？」

「我笑我自己，」我說：「神經過敏！你不知道我昨晚擔心一整夜，連覺都沒睡好——我怕葉素津會自殺！」

「可是她已經搬走啦！」淑惠有點不快活地打斷我的話。

「搬走有什麼關係呢？只要她不去尋死！」

「她為什麼要搬走呢？」

「自尊心！」我解釋道：「她不是始終不願意接受妳的幫助嗎？現在，她遭遇到更大的不幸，更大的困難，所以，她更不願別人去幫助她尤其是我們！因為看見我們，她便會自然而然地想起林天賜。」

「那麼我們昨天真不該去找她的。」

「你後悔了？」

「不是後悔，我覺得……！」

「妳不用說，我懂，不過妳放心好了，我相信奶媽會把搬去的地址告訴我們的。只要再過些時候，最痛苦的時期過去了，她就會慢慢地恢復過來了。」

果然，正如我所料，奶媽在我們剛吃過午飯的時候按著我留下的地址，找到我的家裏來。

「她搬走了！」見了面，她便憂心地向我說。

「我知道，」我說：「早上許小姐曾經到那邊去——現在搬到什麼地方去了呢？」

「離原來的地方不遠，」老奶媽回答：「只有一小間。她不許我告訴你們，也不願再看見你們呢！」

「我了解她的心情。」

「我也曉得她的脾氣！」奶媽繼續說：「永遠改不了的！」

沉默了一陣，我問：「妳覺得，她不會有……有什麼危險吧？」

「……」她想了想，說：「我想不至於，不過，她已經一整天沒吃飯了，話又不說，反來覆去地看你昨天給他的那個小本子。唉……這樣下去，她會病倒的！」

「妳看我們該怎麼辦呢？」

「我也不知道該怎麼辦！不過我會照顧她的，你們暫時別去看她，免得她又要搬家。總之，我隨時把她的情形告訴你們好了。」

我想，除此之外，也實在想不出什麼更好的辦法。於是交了兩百塊錢給奶媽，同時希望她每日能抽空到我家裏來一次。

第二天，老奶媽一大早又來了，她告訴我葉素津真的病倒了，發了一夜的高燒，早上才退了熱。

「妳給她請醫生看了沒有？」我問。

「看過了，」拿起手上的小藥瓶：「我剛在藥房配完藥，順便來一下。」

「妳看我們要不要去看看她？」

「不必了，」她說：「她搬家，就是為了怕見你們，去了反而不好，我會照顧她的——簡先生！」

「什麼？」我發覺她的神情有點異樣，於是我問：「是不是有什麼困難？」

「不是——我想問你，你有沒有替素津的前途想過？」

我不明白她問這句話的用意，一時無從回答。

「以前，」她接著說：「她苦守，還算是有一點希望。而現在，林家少爺又死掉了，她年紀輕輕的，拖著孩子，以後怎麼辦呢？」

「……」我思索了一下，才說：「等到事情過去了，我想素津遲早總要嫁人的。」

「我擔心的不是她！」

「那麼是誰呢？」

「孩子！」她直截地回答：「他應該有他的前途呀！」

「你是說，他跟著素津就不會有前途？」

「話不是這樣說！我們年紀大的人的想法，跟你們年輕人不同的。這樣下去，無論對素津或是對孩子都不會有好處的，素津會因為孩子耽誤了自己，同樣的孩子也會因為環境而得不到好的教育。」

「那麼妳的意思？」

「我想得太多了，從孩子生下來之前，一直到現在，我總覺得這不是長久之計——我想素津應該放棄孩子！」

「把他送給別人？啊，不！我不贊成……。」

「先聽我說，」她急忙伸手止住我的話：「孩子是林天賜的，也就是林家的，應該回到林家去。我想，這對林家也算是一件好事。」

老奶媽這種想法，的確是我和淑惠從未想到過的。而且，我再也想不出一個更理想的辦法，替葉素津改善她今後的生活。她太年輕了，年輕到假使讓她去守寡反而是一種罪惡。但，以她的個性來說，她很可能這樣做的。

「妳想，」我問：「素津會同意這樣做嗎？」

「這很難說，到底還有母子之情呀，」奶媽嘆了口氣；「她為他吃了那麼多苦頭，犧牲那麼大，現在叫她放棄他，照說是不可能的——不過，我們試試看，我相信我能夠說服她的！」

「但願妳能夠說服她吧。」

之後，在她離去之前，我將要和淑惠結婚的事告訴她，希望她能了解我們不打算讓素津知道的理由。她同意我們這種做法，向我說了些祝賀的話，然後回去了。她答應我，一有什麼消息，她會跑來告訴我們的。

七

由於籌備的時間不夠，我的婚期比原定的時間延遲了三天。婚後我們仍然住在家裏，這是經過家庭會議決定的。不願我離開這個熱鬧的「車站」是原因之一，其次，淑惠要求我唸完醫科，這樣可以節省許多錢。

像所有的新派新婚夫婦一樣，我和淑惠也計劃過蜜月旅行，目的地是鵝鑾鼻。就在我們正要準備出發的前一夜，莊玉蘭突然從臺中給我寄來一封快信，她說要到臺北來見我。

自從回到臺灣之後，我和她沒有聯絡，只在結婚時寄給她一張請帖。她除了給我覆了一份賀電，還很客氣地寄來很貴重的禮物。當時，我曾經想過：在鵝鑾鼻回來時，順道到臺中看看她。而現在她竟先我而來了。我想：也許是希望從我這兒打聽林天賜的消息吧。

為了這件事，我們只好退掉到高雄去的車票，同時和淑惠研究，應該怎樣將林天賜的事告訴她，後來想到老奶媽的計劃，於是我決定把實情說出來。而且，老奶媽這些時候始終沒有來，大概還沒有將葉素津說服，現在讓林家先知道，那麼以後對孩子的事也會有點幫助。

第二天，為了便於說話，我獨自到車站去接莊玉蘭。她顯然也變了，在月台上我一時還不敢肯定那就是她，直至她站住，向我笑笑，我才向她走過去。

她手上只拿一只和衣服的顏色相同的黑皮包，稍為比以前清瘦了一點，但比以前更端莊溫婉了。

她向我伸出手。

「我們很久不見了。」她感慨地說：「——太太呢？」

「她……另外有點事。」我忽然發覺自己仍緊握住她的手，於是連忙放開。

「妳沒帶什麼東西來嗎？」我問。

「我馬上就要趕回去的。」她回答。但她仍然注視著我，使我歉疚地低下頭。

「你回來已經很久了？」看見我不響，她問。

「唔，」我點點頭：「本來，我想到臺中去一趟的，至少我應該給妳一封信，但是，回來之後，我有一個時期連門都不想出——變化太大了，我得慢慢地才能適應下來。所以……！」

「我了解你的心情。」

我又猶豫了一下，但我知道目前已經無可逃避了。她望著我，等待這個答案。

「現在先到我的家裏吧！」我提議道：「我的太太很想見見妳呢！」

「以後吧，」她很快地回答，顯出一種歉然的神情：「你不會怪我沒禮貌吧？因為今天，我急於要和你談談。」

「那麼我們找個地方坐下來談吧！」

最後，我們走進鐵路餐廳，要了點喝的東西。

「關於天賜的事……！」我終於為難地說。

「怎麼，你已經知道了！」她驚異地嚷道，她的神情使我糊塗起來，她指的是什麼呢？她似乎也覺察到我所想的了，因此隨即變得嚴肅起來。

「你要說的是什麼？」她謹慎地問。

「不！妳先告訴我，妳知道了什麼！」我固執地望著她。現在，我已證實我和她所想的是兩回事。

她遲疑了一下，然後向我發問：

「天賜在臺北受訓的時候，你們每日都在一起的？」

「嗯——妳問這些幹什麼呢？」我困惑地。

「我知道他任何事情都不對你隱瞞。」

「是的。」

「……」她頓了頓，微微低下頭：「那麼，你認識一位姓葉的女孩子嗎？」

「姓葉的？」

「葉素津。」

我震顫了一下，我還能說什麼呢？

「你是認識她的？」她再低聲補充道：「是嗎？」

「——是！」我生硬地點點頭，然後，我想將林天賜和葉素津那件事向她敘述，但，我一時竟然連什麼都想不起來了。他們認識的經過，他所說的話，她目前的情形……等等。總之，我只感到是一件值得羞恥而且是不道德的事。當時我可以阻止的（事實上我亦無從阻止）。現在，我面對著莊玉蘭，彷彿自己曾經做過什麼罪惡的事——即使我不是罪惡的主謀者，但是最少也是從犯。

「是的，我認識她！」我再重複一句。

我看出她對我的回答感到失望。

「那麼，事情是真的了！」她自語道。

「是真的，」我說：「這是誰告訴妳的呢？」

「她自己！」

「妳是說葉素津自己？」

「嗯，」她憂悒地回答：「她前天到臺中來了，抱著一個孩子——她說那孩子是天賜的！」

啊，天！我慚恧地低下頭。

「我知道她說的是實話，」她繼續說：「因為她不像是一個會說謊的人。」

「她向妳說些什麼呢？」沉默半晌，我問。

「她沒有向我說，」莊玉蘭回答：「甚至她還沒有看見過我——是這樣：我每天都到天賜的家裏去，這幾年來，已經成為了一種習慣。前天，她抱著孩子來了，我適巧在外面，所以，我聽到她和天賜父母親所說的話。」

「妳相信她的話嗎？」

「我剛才已經說過了，」她說：「我相信，她所說的事，除非她真的和天賜在一起，是絕對揑造不出來的。」

我咬咬下唇，又問：「那麼天賜的父母親呢？」

「他們半信半疑。」

「半信半疑！」我嚷起來。當我發覺旁邊座位上的客人回過頭來望我時，我將頭湊近玉蘭。緊張地問：「那麼，他們不願意收養那個孩子了？」

「嗯，」她痛惜地回答：「他們很同情她，但，在這件事情還得不到證實之前……！」

「證實，他們怎麼證實？難道要等天賜回來，他們才肯相信嗎？」

「還有什麼別的方法呢？」

「永遠不可能的！」現在，已接近真正的話題了，我按住莊玉蘭的手，先讓自己的情緒平復下來，然後向她說：「玉蘭，這句話我應該在一回來的時候，馬上告訴妳的，所以我希望妳聽了之後，別太激動──事情已經過去了，這是天意，是人力所無法挽回的！」

「這個我知道，」她感傷地應著：「我什麼都想過了，你說吧──！」

發覺我不馬上回答，她追問：「是不是天賜已經和她正式結過婚了？」

「不，天賜已經死了！」我說出那個「死」字時，心中已經作了準備，萬一她聽了之後……但，她沒有反應，只是現出一種困惑的表情。

「你跟那位葉小姐一樣，」她說：「相信天賜已經死了？」

我明白她的心理，為了要讓她相信這個事實，我將天賜失蹤的事向她敘述了一遍。

「不！他並沒有死！」她用一種奇怪的聲調叫起來。

我注視著她，她很快地從惶亂中鎮定下來。

「我們前天收到他寄來的信！」她說。

「他寄來的信？」我特別強調那個「他」字。

「嗯，他寄來的信！」她慎重地回答。

我迷惑地望著她，愣了好一會兒，我才從這驟然變得混亂而又空洞的可怕的腦子裏找出一點頭緒。林天賜寫信回來了，這是可能的嗎？我不斷地這樣問自己。假如這是真的，那麼現實的一切便變成另一個世界的幻象了。

莊玉蘭似乎了解我的心意，她小心地打開皮包，將一封信取出來，放到我的面前。

「這就是他的信，」她說：「就是那位葉小姐到臺中的前一個晚上收到的。」

我並沒有注意那封信，我仍然注視著她。

「不可能的！」這時，我才從喉管中發出乾澀的聲音：「我雖然沒有看見他的屍體，但是——這太不可能了！」

「你先看這封信吧！」她微笑著說。

我拿起信。信的內容非常簡略，從字跡上看，我認出確實是天賜所寫的。他只說目前他在新加坡，一切平安，可能的話，在今年年底他會設法回來。讀完他的信，我感到異常困惑：他怎麼會到新加坡去呢？在那兒幹什麼呢？他說「可能」是什麼意思呢？

這也正是莊玉蘭的疑問。

「他的信上並沒有註明地址。」她說：「你看信封上並不是他的筆跡，大概是託別人轉寄的。」

不管怎樣，林天賜依然活著，這是一件令人興奮的事。我激動地喊道：

「感謝上帝，那真是太好了！」

「……」她說：「正因為是太好了，所以天賜的父母拒絕了葉小姐，當然，他們也並不是惡意，他們也拿了一點錢送給她，但她沒有接受，便匆匆走掉了！」

「這就是她的個性，」我說：「她能夠送孩子到臺中去，對她來說，已經是很大的犧牲了。」

「你跟她很熟嗎？」她問。

「很熟。」我回答。然後我將天賜認識她和以後所發生的事情告訴莊玉蘭。她靜靜地聽著，忽然掩著臉哭泣起來。我讓她哭，直至她漸漸平復下來，我才說：

「現在天賜既然活著，這件事就得重新研究一個善後的辦法了。」

「這就是我要來找你的原因，因為，我曾經應許過天賜，我答應和他解除婚約的。」

「那只是他在出發前的反常心理而已。」

「我不這樣想，」她解釋道：「而且，目前這種情形，我應該成全他們才對！」

我說了些勸慰她的話。事實上我的立場也很為難，無論偏袒那一邊，在道德上對我都是一種損害。

她聽著，低著頭，像是在思索些什麼。這種沉默和這種氣氛是非常令人難堪的，我有被壓迫的感覺。

「妳覺得我的話怎麼樣？」我吐了一口氣，在等待她回答。但她似乎並不準備回答我這句根本就是多餘的話，頓了頓，她拿起她的小皮包，看了看腕上的手錶。

「我得走了，」她說：「真謝謝你，浪費了你那麼多時間！」

我無可奈何地跟著站起來。

她又低下頭來想了想，然後說：「我……我想請你替我做一件事！」

「妳說吧，」我誠摯地回答：「只要我能做得到，我會為妳盡力的。」

她很快地打開手皮包，將一疊厚厚的紙封拿出來，遞給我。她說：

「請你替我將它送給葉小姐，算是我的一點心意。」

我接過來，用手捏了一下。

「這是錢嗎？」我問。

「唔，並不很多，這只是……！」

我把那疊紙封遞還她，同時說：

「我看，妳還是拿回去吧，她不會收的！」

「我知道她不會收，」她急急地接住我的話：「但是，我知道她正需要錢……！」

「——再需要錢，她也不肯收的！我了解她的個性，尤其是在目前這種處境之下。」

「難道你不能用別種方式幫助她嗎？」

「什麼方式？」

「比方說，這點錢算是你的，你借給她，或者——還是由你看著辦吧！車子快要開了，我得走了。」

葉素津正需要援助，這是實情，而我個人的能力也實在有限，因此，我只好再接住紙封。

「我知道你的心理，」她按住我的手，溫婉地說：「萬一辦不通，你再寄還給我好了。」

「好吧！」我說。

「還有一點……！」

「——怎麼還有呢？」我沒讓她說下去，連忙打斷她的話。

「別緊張，」她笑著說：「這是一件輕而易舉的事，絕對不會使你為難的。你不是答應要幫助我的嗎？」

「那麼妳說吧！」

「請你將天賜的事告訴她，讓她安心。」

莊玉蘭就這樣走掉了。待她乘坐的那班快車走後，我走出月台，但我並沒有離開車站。因為我得花費一些時間來考慮這件事。我再回到鐵路餐室原來的座位上坐下來，面對著莊玉蘭剛才所坐的位子，怔怔地出神。

她是一個多麼不可思議的女孩子啊，這就是她為了愛情所忍受的犧牲、所做的事。我望望手上的紙封，一時不知該怎樣做才好？當然，她這些錢，我可以直接交給奶媽，讓她去處理；可是，天賜生還這件事，我應不應該告訴素津呢？如果這樣做，豈不是又損害了莊玉蘭了嗎？

這個問題煩擾了我很久，直至我漫步回到家中。還不能解決。

淑惠問起我，我便將玉蘭和我所說的話向她複述了一遍。也許因為她是素津的好朋友的緣故，當我要聽取她對這件事的意見時，她主張告訴葉素津。

「我也非常欽佩這位莊小姐，」她說：「但，她和天賜的事已經完了——她不是也承認要和天賜解除婚約嗎？所以，即使天賜並沒有失蹤，她也是沒有希望的，可是素津為了天賜，犧牲了家庭，還有他的孩子……。」

「當然，我也想到這一點。」我說。

「那就好了！」她接下去：「要救素津的，並不是錢！只要這個消息便足夠了！」

我沒有理由再反對這個決定，於是等奶媽再到我們家裏來時，一定去看素津，然後將這個好消息告訴她。

可是，一天，兩天；一個星期，兩個星期；過了一個月，奶媽始終沒有再來。這期間，我曾經和淑惠一起到以前她們住的地方，和向附近的鄰里住家打聽，但，依然沒有半點關於她們的消息。

很顯然的，林家這次打擊是相當沉重的，素津可能為了要避開我們（害怕我們要去找她，同情她和幫助她），又搬了家，甚至已經遷到外埠去了。

兩個月之後，淑惠主張在報紙上登一則尋人的分類小廣告，告訴她有急事面商，但是依然是石沉大海。

我們隨時將這些情形寫信告訴臺中的莊玉蘭，她也不斷地將她所知道天賜的消息告訴我們；可是，自從那封託別人轉來的短信之外，天賜也始終毫無消息。

就這樣，一年過去了。我為了畢業論文，幾乎每一分鐘都放在讀參考書上，而淑惠也有孕了，我們雖然時常低念葉素津，但都分不出時間找她。漸漸的，我們開始懷疑，也許她已經帶著奶媽和孩子，回福建老家去了。這種想法愈來愈使我們堅信。當她一切希望都落空之後，她為什麼不走這條路呢？

我的第一個女兒出世了，我幾乎已經將葉素津淡忘了。突然，那天我從醫院下班回家（我已經分發到醫院實習），竟然讓我碰見了葉素津的老奶媽。當時我在一輛公共汽車上，我看見她手上提著一些東西，正走過前面的一條街口。我發狂地伸頭出車窗外叫她，她沒聽見，而車子很快地便越過街口了，在這種情況之下，我只好在前面一個招呼站下車，再向來的方向奔跑過去，找了很久，終於讓我在一家小雜貨店內找到了她。

「奶媽！」我一邊喘著氣，一邊熱切地喊她。

她回過頭，當她發現是我，神色顯得很不自然。

「哦，簡……簡先生！」她尷尬地向我點點頭。

「很久沒看見妳了。」我說，話中包含著另一種意味。

「是的，很久很久了！」她感慨地回答。

「你東西買好了嗎？」我問。

「好……好了！」她帶一點慌亂地提起手上的東西：「你──你呢？也來買東西嗎？」

「啊……！」

「到我家裏坐坐吧，」我說：「我有些話要向妳說——妳方便吧？」

「方便，方便，我只是買一點東西。」她連忙回答。

到了家裏，我和淑惠先抱出我們的小寶貝來給她看，閒聊了一陣，才將話引入正題。

「素津呢？」我直截地問，注視著她的眼睛。

「在家裏。」奶媽低著頭回答。

「為什麼連妳也躲開我們呢？」

「……」

「我們到處去找，還登了報！」

「我們看見的。」

「那麼為什麼不來看看我們呢？」

「這並不是我的意思，是她不讓我這樣做，」奶媽抬起頭，為難地解釋道：「你知道的，那時我不能傷她的心，她已經夠痛苦的了，萬一有什麼三長兩短的話……。」

「其實，我們見面，她並不一定會知道的！」

奶媽拭了拭眼角，深深地嘆了一口氣。

「事情並不如你想得那麼簡單呢？」

我發覺她這句話裏有一種特殊的意味，所以我不響，等她把話接下去。

「你還記得她到臺中林家去的事嗎？」她問。

「怎麼會不記得！」

「那麼你曉得結果怎麼樣嗎？」

「曉得！」我誠實地回答。

「曉得？」她不敢相信地重複我的話：「妳怎麼曉得？」

我將玉蘭來找我的事告訴了她，但我並沒有提及天賜的事——我不曉得為什麼不願意馬上說出來，大概這就是對他們避不見面的報復。當我把話說完，她忍不住哭泣起來。

「為什麼這些好人都碰到一堆呢？」她哽咽地說。

我想起莊玉蘭交給我的那一筆錢，於是我告訴她，要她明天再來一次，因為我將它寄存在父親那兒。

「現在已經用不著了！」她認真地說。

「為什麼呢？」我不以為然地喊道：「那位莊小姐並沒有惡意的，我敢保證，她的用意也和我們一樣，只是希望對素津有點幫助就是了。」

「這個我明白，不過，素津現在……！」

「哦！」我忽然醒悟過來。我實在太糊塗了，我只顧自己說自己，始終沒問到素津。也許，她已經嫁了呢！看看奶媽這種惶惑不安的神態，我開始相信這種想法是對的了。

「奶媽，」我關切地以一種探詢的口吻問道：「素津是不是已經嫁人了？」

「你怎麼會想到這方面去呢！」她連忙否認這件事。

「那麼，她現在的生活……！」

她默然不語，我知道她是在考慮怎樣回答我這個問題，同時也說明了這個問題是相當複雜的，至少，它必須有向旁人隱瞞的因素。所以我也不再問話，只是注視著她，等待她回答。

她曾經極力抑制過，但她終於在一種羞愧而悔恨的心情中抬起頭，望著我好一會才說：

「你們都是最關心她的好朋友，所以，我向你們說了——不，我還是不說的好！」

「無論發生了什麼事，妳都不應該對我們隱瞞的！」我靠近她，用話去鼓勵她說出這件突然又不肯說出來的事情。這並不是好奇，而是她的話已經引起了我的憂慮，這種憂慮，就是當那次我們到小木樓去看望她之後所引起的一樣。

「她不會做出什麼傻事來吧？」我自語道。

「她已經做了！」她痛苦地嚷起來：「她已經做了！我早就跟你說過，她的個性太強，要做什麼就做什麼，誰都阻止不住的！」

「奶媽，她做了什麼？」

「唉，這是誰都想不到的事——可能嗎？這樣一位出身高貴的小姐……！」

「妳說些什麼呀！」我困惑地問：「我真的給妳說糊塗了！」

奶媽又開始沉默了。我看得出，她的內心激動而矛盾，她想將葉素津的事告訴我，但又害怕。最後，她抑制地揚起頭。

「這樣吧，」她說：「我明天再來吧，她的事不是三言兩語就說得完的。而且我出來已經很久了，她在等著我回去。」

「妳真的會來嗎？」我正色地問。

「請你相信我好了，」她隨即站起來：「我一定會來的。」

送走了奶媽，淑惠怪我為什麼不將天賜生還的事說出來，我也覺得我這樣做未免有點過份。

不過，我覺得奶媽晚上還要來的，等她將素津的事告訴了我們之後，我再告訴她，好讓她驚奇一下。

可是，第二天奶媽沒有來。

第三天，我才收到她在本市寄來的一封信。信是用日文寫的，並沒有註明地址。信中說：她的失約是不得已的，希望我能夠原諒她。至於素津的事，她說，就如同天賜一樣一切都過去了；既然我們的關懷反而令她痛苦，我們為什麼不能讓她安安靜靜地過一種「忘卻一切」的生活呢？最後，她再三懇求我們忘掉這件事，就像從來沒有發生過，從來沒有認識過這個人一樣！

接到這封信之後，淑惠難過了一個時期，而我則後悔那天沒將天賜的事說出來。為了要補救這個錯誤，我又在報紙上登了一則尋人啟事。但，仍如石沉大海，杳無消息。又過了些時候，我漸漸冷靜下來，依情理推斷，葉素津一定是另外嫁人了，不然，奶媽為什麼不願意將她的生活情形說出來，讓我們知道？

淑惠也同意我的看法。她也覺得，我們不該再去打擾葉素津，讓她永遠離開我們——假使這樣能使她感到幸福的話，對我們又有什麼損失呢？

於是，我寫信告訴莊玉蘭，同時將她的那筆錢還給她。我為她暗自慶幸，因為他們三個人之間的死結已經解開了。

這就是所謂「緣」吧！

八

此後，我時常和莊玉蘭通信，我希望能從她那兒得到關於天賜的消息。但，除了那封信，林家一直沒有再收到過片紙隻字，因此，我們不得不開始為他而憂慮了。

第二年的春天，在感覺上似乎特別地短，陽明山的櫻花匆匆開了，又悄悄地謝了。不知是為了些什麼，這個季節使我時常想起林天賜。

一天下午，我剛從手術室裏出來，工友老郭便拉住我，說是有一個人找我，已經在外面等了一個多鐘頭了。

「是什麼樣兒的人？」我問。

「三十來歲，衣服穿得不怎麼好！」他回答。

我一時想不出來找我的人可能是誰。老郭補充一句：

「看樣子他像是很急似的。」

「你沒問他姓什麼？」我一邊洗手一邊問。

「因為你在，所以我沒問他，他也沒說。」

我想也許是一個比較熟的病人，或者是病人的家屬，所以我讓老郭先去告訴他，我換好衣服就出來。

但，當我往會客室裏去時，老郭有點不好意思地向我說：「他走掉了，我出來的時候他已經走掉了！」

我心裏微微有點不快活，但，在醫院裏，像這種事情是常會發生的。所以那天下午下班回家時，我已經將這件事情完全忘掉了。

到了家裏，我剛拉開大門，淑惠便從裏面跑出玄關。

「唉，天賜呢？」她詫異地望著我，問：「你沒和他一起回來？」

「誰？天賜？」我緊張起來：「他，他在那裏？」

「我不是叫他到醫院去找你嗎？你沒見他？」

我失望地在玄關坐下來。老郭說找我的那個人，一定就是他了。

「他來的時候我剛好在動手術。」我說：「出來的時候，他已經走掉了！」

「真是個怪人！」

我跟著站起來，準備到街上去找找他。

「你想到那兒去找呀！」淑惠阻止我：「臺北那麼大，你知道他會到那兒去？我看你還是在家裏等他吧，說不定他馬上就要回來的。」

我依從了她。同時吩咐淑惠多準備一些菜。等天賜回來一起吃晚飯。

「我早就預備好了。」她微笑回答。

為了使家裏清靜一點，我將弟妹們打發去看電影，只騰下我和淑惠兩個人。結果，過了九點，還沒看見他來。

「我們再等半個鐘頭吧，」我提議道：「他再不回來我們先吃——妳餓了吧？」

「不餓。你呢？」

「有一點，但我要等他。」這時，我才想起問她這句話：「他樣子有點變了吧？」

「吃了兩三年苦頭，怎麼會不變！」她回答：「他進來的時候，要不是他先叫我，我還不敢認他呢！」

「他沒跟妳說什麼嗎？」

「他急著要找你，連玄關都沒上，就跑掉了。」

我沉重地吁了口氣。

「好了，他回來了，大家都可以了掉一件心事！」說完話，我發覺淑惠有意味地注視著我，我知道她心裏在想些什麼！其實，我的心裏也和她一樣，被葉素津這個問題煩擾著。

「他要找素津！」淑惠冷靜地說。

「唔，當然！他當然要找她！」我含糊地應著。

「看樣子，下了船之後，天賜連家都沒有回呢。」

「他這樣跟你說嗎？」

「他沒說，不過他身上穿得破破爛爛的，頭髮也沒理，假如回過家……。」

沉默了一陣，淑惠忽然低聲問：

「你打算怎麼跟他說？」

「當然要把實情告訴他了！妳認為不應該嗎？」

她想了想，說：

「你這樣想過了沒有，假如素津真的另外嫁了別人，那豈不是很尷尬？」

「那當然是很糟糕的！不過我們也不能肯定她已經嫁人了……。」

總而言之，這是一件非常頭痛的事，也並不是我們所能解決的。最後，我們決定對這件事不參加任何意見，讓它自由發展。

結果那天晚上的夜飯，我們等到十點半才吃，天賜一直沒有回來。飯後我的心情愈來愈煩躁，思想亂得很可怕。直至弟妹們回來了，我才漸漸平復下來。我極力安慰自己：他既然已經回來了，我還憂慮些什麼呢？

真的，我還憂慮些什麼呢？我不禁笑起來。但我知道這種笑是枯澀的，我了解自己心中所隱藏的某一種東西，只是怯於說出來而已。

過了十二時，淑惠勸我去睡，因為第二天是我的早班。她說也許天賜已經回臺中了。當然，她這種想法也有點可能性的，但我總相信天賜絕對不會回臺中去——至少在未找到葉素津之前不會回臺中去。

但我終於上了床。我傾聽那架老時鐘的鐘擺聲。我記得在另一個地方，也曾經聽過這種聲音，於是我極力在記憶中搜尋……！

突然，門鈴響起來了。我霍然從床上跳下下來，發狂地奔出房間。

「天賜！天賜！」我激動地喊著。

打開門，站在門口的是一位警員。

「這兒是簡家嗎？」他歉然地問。

「是的，我們姓簡，有什麼事嗎？」我這樣問，但我的心中已經有了預感：林天賜可能出了什麼事。因此，當他說出林天賜的名字，問我們認識這個人時，我急忙問道：

「他不會自殺吧？」

「自殺？」他注視著我，停了停才問：「你以為他會自殺嗎？」

我鬆弛下來，發覺自己剛才那個思想很可笑。

「不，不是這個意思！」我解釋道：「因為他受了刺激，我們怕他會一時想不開——不會，不會的！」我回過頭來望著淑惠，反辯自己的話：「就算他要這樣做，也不是現在，至少他要找到葉素津……。」

淑惠向我示意，我才發覺我們身邊還有一位警員。

「這樣吧，」那位警員說：「你們跟我到派出所去一趟吧！」

其實，天賜並沒有做什麼違法的事，只是他深夜還在街頭徘徊不去，以致引起巡邏的警員疑心而已。到了派出所，經過簡單的問話和解釋，他們便讓我將天賜領出來。

天賜老了。也許是衣衫不整及憔悴的面容使他顯得蒼老，而使我寒慄的卻是他那冷漠的意態。見了我，他那雙幾乎整個陷入濃眉裏面的眸子，曾經發出一種興奮喜悅的光澤，但隨即又黯淡下來。

「麻煩你跑了一趟！」他淡淡地說。

我握住他的手，他的手冰冷，而且沁著汗。

「你怎麼不在醫院多等一下呢？」我抱怨地說。

他望望那位態度溫和的警員，向我說：

「我們走吧，他們已經答應讓我走了！」

出了派出所，他提議步行回家去。我當然不加反對。我問起那次失蹤的事，他只是苦笑，並沒有回答我的話。

「一場最荒唐的夢，」他感嘆地說：「要是在出發前，我們不考慮那麼多就好了——你已經有一個小寶寶了！」

我等待他先提起葉素津，但他似乎也和我一樣，希望我先開口，走了一段路，我終於說：

「也許你也有一個了。」

他不響，仍然望著前面。

「你還沒有回家嗎？」我問。

「……」他搖搖頭：「我在高雄一下船，就坐火車到臺北來了。」

「在醫院，你又沒留下名字，回到家裏才知是你——你到那兒去了呢？我們等你吃夜飯，等到十點鐘呢。」

「我去找素津。」他說。

「找到了嗎？」我故意問。

「難道你不比我更清楚？」他回過頭來望著我。

「我回來之後，我也找過她。」我說：「但是連淑惠都和她沒連絡！聽說因為她父親的關係，她的家……。」

「我去問過了，附近幾家人說，他們搬回大陸好幾年了。」

「我想，素津也許已經結婚了吧！」我試探地說。

「她不會的！」他大聲地說：「她一定會等我！」

「可是連我都以為你已經死了呢！」

「她知道我不會死——就算死了，她也會等我！」

我暗自慶幸沒將素津的事說出來，要是讓他知道她目前的情形，那真是不堪設想了。

「可是，」他忽然在街角停下腳步，向我說：「我總覺得她沒有離開臺灣，她不應該離開臺灣的！」

「難道她的家搬回大陸，你要她一個人留下來嗎？」

「不管怎麼樣，她也不會離開！」

「誰希望她離開呢？」我緩和地說：「回到家裏，我將報紙給你看！我登過兩次報，但是沒有結果。」

他不再氣話。回到家裏，淑惠將晚上為他準備的酒菜再燒熱，讓我和他在小房間裏對飲。

這一夜，除了我問他，他很少說話，也沒喝酒。當我勸他先去休息，明天我向醫院請假陪他去找葉素津時，他感激地向我微笑。他要我先去睡，用不著照顧他。但我知道，直至天亮，他仍呆呆地坐在廊前，望著小庭院的一小角天空出神。

第二天，我用一個特殊的理由向醫院請了三天假，開始陪著天賜去找葉素津。我們找到每一個和葉家有關的人家裏去，但毫無結果，不是說不清楚，就說已經離開臺灣了。我們又到萬華，昨晚天賜在那兒徘徊不去的小木樓那兒去。小樓空著，樓下的住戶雖然說這房子是老奶媽的產業，但她平常是難得回來的，大概在外縣什麼人家裏工作，同時，他們是搬來不久的，對葉素津這個人並不認識。看見林天賜那種失望的神態，我開始憐憫他，我反而盼望我能替他找到葉素津了。

第二天，我在臺北幾張銷路較廣的大報上登了一則地位顯著的尋人啟事，說是林天賜已返臺，請她來會面。而那天我們的搜尋工作，依然沒有進展。唯一的希望，就是等待葉素津看見報紙自己來了。

次日，我們特地留在家裏，可是這種等待比搜尋更令人焦躁不安，當傍晚到來，我們開始感到絕望時，老奶媽忽然到我的家裏來。

她的到來所引起的騷動是可以想見的。由於老奶媽和林天賜以前從未見過面，所以當我為他們介紹時，她現出一臉驚異之色。我了解她的心意，於是替天賜解釋：說他下了船，連家都沒回，便趕到臺北來找素津的。

奶媽忽然掩面哭泣起來。我本來想質問她，為什麼那次約好了不來。可是，看見她這種悲痛的樣子，我反而不忍心再逼問她了。我感覺到，葉素津和她的躲避我們，一定有什麼難言之隱，和不能不這樣做的原因。

默默半晌，林天賜用一種低沉而生澀的聲調問：

「奶媽，素津呢？」

奶媽哭得更厲害了，幾乎整個身體都俯伏到蓆地上，淑惠在一邊扶著她，說了些含糊的慰解的話。

「——她很好嗎？」天賜開始有點激動了。

「……」奶媽抑制地抬起頭，哽咽地說：「她，她很好……。」

「那麼她為什麼不和妳一起來呢？」

「她不能！」接著她又哭起來。

我知道，除非奶媽平靜下來，要不然是無法談話的，於是我拉著天賜走出客室，索性讓她哭一個痛快。

「我覺得素津一定出了什麼事！」天賜沉鬱地注視著我說。

「奶媽不是說很好嗎？」我應著。

「那麼她為什麼哭得這樣厲害呢？」

「也許太激動了。」其實，我心裏很明白，事情已經絕望了；奶媽今天來，只是為了要證實這件不幸的事情而已。

果然不出我所料，當我們再回到客室裏去時，奶媽已經止住哭，但她仍低著頭。我用眼睛詢問淑惠。

「你們坐下來吧！」淑惠說。

我們對著她坐下。

「素津怎麼了？」天賜將身體微微向前挪動，低促地問：「妳們要告訴我呀！」

淑惠望了奶媽一眼，然後吁了口氣，低聲回答：

「她已經結婚了！」

「結婚？」林天賜像是聽不懂這句話，他重複了一句，驟然激動起來：「結婚！她怎麼可以跟別人結婚呢！」

奶媽重又抬起頭。

「誰都沒料到你會回來的，」她解釋道：「大家都以為你已經死了──你以為素津沒有等候過你嗎？」

「……」聽見死字，林天賜緩緩地垂下頭，剛才的激動霎時間過去了。他顯出極度的疲態，像是一個被宣判了刑期的死囚似的。

為了他的「死」的傳聞，我不得不加以解釋。雖然在太平洋許多島嶼的叢山中，仍然藏匿著一些不知世事的日軍；但，當這種事落到你旁邊親友的身上時，到底是令人難以置信的。接著，奶媽簡略地說了一些素津婚後的生活情形，不過，她不願說出她的丈夫的姓名和地址。

「我說這些話，只是要你們放心而已，」她向天賜說：「希望你能夠忘掉她這個人，她會永遠感謝你的。」

天賜不再說話。又緘默了一陣，奶媽要告辭了。走前她再三地向天賜和我們告罪。我送她到門口。

「素津真的嫁了嗎？」我疑惑地問她。

我看得出她在極力地抑制著自己。

「是的，她嫁了。」

「那麼孩子呢？」我問。

「由我來替她照顧。」她回答。

「——那麼，妳並沒有和她住在一起了？」

發覺說錯了話，奶媽含糊過去。

「我要走了！」她歉疚地說：「希望你們好好地照顧林少爺，我替素津謝謝你們。」

「以後妳不會再來了？」

「看情形吧，如果有必要，我隨時會來的。」

我知道奶媽不願留下地址，只好讓她走了。那天晚上，我們非常為天賜擔心。他呆呆地坐著，不吃東西，也不說話。父親提議由我親自送他返臺中，我走進房間兩次，都不敢開口，我怕他會誤會我不歡迎他，尤其在這種時候。

當我們一家人正要商議如何防止天賜做出什麼可能做出的事情來時，救星來了——莊玉蘭和天賜的父母乘七時十分的夜快車趕到臺北來。

他們是在今天下午偶然讀到臺北出版的報紙才曉得的。見了面，莊玉蘭怪我為什麼不通知他們。我無言以對，只好引領他們到我的房裏去。

骨肉重逢的場面我自己經驗過，總之，是相當令人感動的。我和淑惠從房裏退出來，研究怎樣分配房間，好接待他們在我們家中過夜。但，他們終於婉辭了。林氏夫婦說他們已經通知了天賜的舅舅，要住到他那兒去。我們也不好意思堅決挽留，當他們離去時，天賜緊緊地握住我的手，沒有說話，但我能夠從他的眼睛中了解他內心想說的話。

「過兩天我會到臺中來看你的！」我真摯地說。

他點點頭，回身走了。莊玉蘭出了門口，又回轉頭，以一種懇求的眼色望著我。

「你不要讓他失望，」她認真地說：「你知道現在他是很需要你的。」

「同時，他也需要妳。」我接住她的話。

九

林天賜回臺中之後，我遵守我的諾言，請假到臺中去看過他一次。因為事先我寫信告訴莊玉蘭，所以我到達的時候，她獨自到車站來接我。

「我還以為你忘了呢？」她笑著說。從她的笑裏，我可以窺見她內心的欣喜。

「不會的，」我說：「尤其是妳的事情。」

「我的事情？」

「難道是我的事情嗎？」

「沒良心！天賜是你最要好的朋友呀！」

「但他卻是妳的愛人！」

她羞澀地笑了。我們走出車站，兩個人都沒有打算坐車子。

「最近天賜怎麼樣了？」我先問。

「和剛回來的時候一樣，不大喜歡說話。」她回答。

「再過些時候，我相信他會恢復過來的。」我說：「記得我剛回來的時候，還不是一樣！大家都說我變了——其實，什麼都不是，只是覺得什麼都適應不過來……。」

「可是他跟你不同！」她截住我的話。

「有什麼不同？我們都學醫，一起調出去打仗，同樣地被遣送回來！」

「可是，他在深山野嶺裏面苦過幾年，回來之後，在情感上又受到這樣重大的刺激！」

「嗯，這刺激可能不輕。不過，事情已經結束了。葉素津已經嫁了人——人，就是這樣，時間一久，便什麼都忘了！」

「他不會的！」她固執地說：「我了解他！」

我認為，我應該改變一下我們的話題，調整一下這種沉悶的氣氛。我後悔自己為什麼剛才不談談臺中的天氣。可是，我仍然問。

「那麼，你們怎麼樣了？」

「沒有什麼不同！」她露出淒然的微笑：「我覺得，我也應該有所改變了。」

「——改變？」

她知道我誤會了她的意思，於是解釋道：

「改變我對他的方式。他討厭我以前對他的那種樣子！」

「胡說！他什麼時候討厭過妳！」

她輕輕地吁了一口氣。望著前面說：

「就如你所說的，事情已經結束了，至少，我也得作結束的準備——不瞞你說，我已安排了一條路。」

她這種沉肅的意態使我震顫了一下。

「什麼路？」我低促地問。

她笑起來了。

「別緊張！」她說：「我是不至於傻到去自殺的。」

「難道妳認為妳和他絕對沒有希望了嗎？」

「我不敢想。目前這種情形是不會有希望的。」

「我卻不這樣想，」我說：「對於你們的事，我總有一個預感——就像我對我的太太那件事一樣，問題在妳先別洩氣！」

「謝謝你安慰我。」她很快地接住我的話：「我早就學會怎麼樣安慰自己了。」

「這不是安慰……！」

「走吧，要不然他在家中又等急了！」

到了天賜家裏，我才發覺剛才我對莊玉蘭所說的那些話，的確是「安慰她的」話。天賜冷漠的樣子，連我都感到難受。經過十多天的休息和調養，他的氣色顯然好了一點，但神情上仍然有一種疲態。他穿著寬大的和服，（大概是以前的，領口已經有點破了），盤膝而坐，偶爾問我一兩句關於工作上的事，大部份的時間用來凝望著葱綠的庭園。這一來，我說話得更加小心了。忽然，他回過頭來望著我。

「不瞞你說，我心中很煩惱！」

他這句突如其來的話使我無從回答。

「目前，我覺得，」我含糊地說：「你還是先將健康恢復了再說——別忘了健康跟心境是有關連的！」

「這個我懂，」他苦澀地笑笑：「但這個煩惱跟我的健康無關！在我身體非常健康的時候，它已經存在了！」

「我不懂你所指的是什麼？」

「你懂的，只是你不敢說。」

「——玉蘭？」

「嗯，」他低下頭：「她到車站接你的時候，向你說了些什麼？」

「你知道她到車站來接我？」

「這是可以猜想得到的——她說了些什麼？」

「什麼都沒說，」我回答：「真的，她也怕提到你！」

「這個我懂，我們都害怕。」

「有什麼好害怕的呢？」

「結婚！」他抬起頭：「她家和我家都在催促我們了！」

「這未嘗不是一件好事呀，」我有點激動起來：「難道這幾年的生活，所見的，所過的，所想的——對你沒有半點改變嗎？」

「你誤會了！」他回答：「就是因為改變了，所以我才感到煩惱。」

「你愈說愈玄了！」我嚷起來。

「真的，是有點玄！」他頓了頓，像是重新整理了一下思緒，繼續說：「現在，我開始覺得人生、理想和愛情，並不如以前那麼神聖了！」

「……。」

「想起來，我真有點卑鄙！」

「……。」

林天賜並不因為我的沉默而停止他的話。

「以前，我覺得我並沒有愛過莊玉蘭。」他：「我以為自己的愛情是如何地神秘，如何地偉大！但現在，我忽然覺得我是愛她的——能相信嗎？也許是因為我失去了葉素津，所以退而求其次；或者，由於自己的失戀，使我想到她，於是同情和憐惜她，反過來說，也等於是同情和憐惜自己——總之，我覺得我目前的感情不是真純的感情，是一種可恥的感情！」

他這一番話使我困惑了！不，也不是困惑，而是我的思想來不及接受他這一種可能是「病態」的邏輯，但是我又不能用什麼理由去否定它。

「你還沒聽明白我的意思吧？」他彷彿窺破了我的心意，接著說：

「那就是說，假如現在我說我愛玉蘭的話，那就是一種不可饒恕的罪惡，這種思想太卑劣了！」

「你想得太多了！」我說。

「我承認。但是我不能不這樣！」

「這就是你所指的煩惱了？」停了停，我問。

他點點頭。沉默半晌，他痛苦地低喊道：

「我該怎麼辦呢？」

「——娶莊玉蘭！」

「娶她？」他軟弱下來：「那不就等於承認自己是一個卑鄙下流的人了嗎？」

「你是不是以為放棄了她才顯出高尚呢？」我不以為然地反駁他的話。

他不再說話。我想，讓他再冷靜一個時期，他這種反常的心理也許會矯正過來的，於是我緩和地說：

「不要過份自責。假如你繼續讓這種不正常的思想發展下去，對你是非常危險的！你應該重新認識她，愛她！」

在理論上說，林天賜算是被我說服了。那年的夏天，我曾經到臺中去住過幾天，他已經完全「正常」過來了，他計劃在秋季復學，唸完醫科。至於他和莊玉蘭的感情，顯然也有點進展；至少已經不會覺得愛她是一件卑鄙的事情了。但，世上的事，竟是這樣的變幻無常，事情為什麼不發生在天賜回來之時，而發生在他們結婚之前呢？

這就是所謂絕對的悲劇，它綜合了時代、環境、性格和機緣四種因素。為此我時常責備自己：我總覺得在這個悲劇之中，我應該負一半的責任。假如我當時並沒有告訴葉素津，說是天賜已經死了；假如我並沒有勸導和鼓勵林天賜，讓他重新去愛莊玉蘭的話，假如我那天晚上，並沒有提議舉行聚餐會的話，事情也許整個的改觀了。這是誰的意旨呢？

總之，當我在九月接到天賜的來信，知道他和玉蘭的婚期已定時，心中非常快樂。覆信的時候，我寫了長長的兩張紙。我希望他們婚前能來臺北一次，讓我們好好地聚聚。

第三天，覆信來了。莊玉蘭說這正是她的意思，同時，可以順便在臺北購置一些結婚的用物。

很快的，他們如期到來了。

他們住在天賜的一位舅父的家裏，但午飯是在我的家中吃的。我們喝了一點酒，當酒精的揮發使我們漸漸變得活潑起來的時候，我們想起了學校時的那一段生活。我們談及一些同學和當時發生有趣的事情。

「你還時常看見他們嗎？」他忽然問我。

「陳炳煌和我在同一所醫院，他是婦產科的——還記得那個笑話嗎？」我和他一起笑起來，然後接著說：「老廖已經在中山北路正式開業了，雖然大家不常見面，不過我都有他們的電話。」

「唉！」他深長地吁了口氣，說：「我真想找個機會大家聚聚，痛痛快快地喝一頓！」忽然，他像是想起了什麼似地向我湊過頭來：「——我們還有一個願沒有了呀！」

「什麼願？」

「你真的忘了？」他提示道：「真的？那天，老廖，你，炳煌和……！」

「哦！」我想起來了。就是在那一年，我們曾經計劃大家湊錢到酒家去見識一次，因為炳煌老是和我們提起他家附近的那些酒女，他將她們形容得使我們為之神往。炳煌對女人的興趣，就是那個時候培養起來的，後來他選了婦產科，我們一直拿這作為笑柄。

「你不提，我真的忘了！」我說：「不過，經過了那麼多年才去，是不是已經太遲了？」

「什麼意思？」他望著我。

「炳煌說的那幾個酒女，都老了吧。」

天賜大聲地笑了起來，我從來沒有聽見他這樣笑過。淑惠和玉蘭從內房探頭出來問我們笑什麼？我含糊過去，天賜接著低聲說：

「傻瓜！老的嫁了人，年輕的又來了！」

我忽然想起一個主意。

「呃，天賜，」我提議道：「由我來主催，咱們了掉這個願怎麼樣？」

「——舉手贊成！」

「第一、是了願；第二、為你的回來慶祝；第三、新婚之前，理應荒唐一下，不然以後就沒機會了！」

「那麼你呢？」

「我得向淑惠請假，不過我相信她會批准的——玉蘭不會生氣吧？」

「不會，她是奉行放縱主義的。」他瞟了內房一眼，問道：「時間呢？」

「唔……！」我想了想，說：「明天晚上怎麼樣？下午我就個別的用電話去通知，催他們再分別的去約其他的同學。」

「好！那麼地點？」

「地點？哦，地點——完了！」我搖了搖有點發暈的腦袋：「那家酒家歇業好幾年了。」

「那有什麼關係，」天賜嚷道：「另外換一家好了，由炳煌指定一家，反正他比我們多接近幾個女人，說不定他的病人裏面，就有在酒家裏幹的！」

事情就這樣決定了。由我先和炳煌連絡，決定了地點，再去通知在臺北工作的老同學。

我們在醉中想起了這個該死的主意，但，當我醒後並沒有忘掉這件事。下午，我在醫院找到了炳煌。他以一個「老行家」的語氣向我分析了一下臺北的幾家大酒家，他說最好到延平北路的「麗宮」，那裏的確有幾個既年輕而又出色的。

第二天，林天賜陪著莊玉蘭在城裏跑了一整天，買了不少服飾用物，淑惠去做他們的參謀。但，在下班之前，院長突然召我去參加親自動手的大手術，他說他需要我。這當然是一件很掃興的事，但，我是義不容辭的，我告訴炳煌，手術完了我馬上趕去。

結果，直至十一時我才疲乏而沉重的離開醫院。這次手術失敗的原因並不是誰的錯誤，腦部開刀本來就是不得已的事，手術前，我們就知道成功的希望只有十分之一。可是，眼看著一個人漸漸死去，而你對他又無從救助的時候，這種滋味是非常難受的。記得我在見習時第一次遇著這種事，我竟愁悶了十多天。

其實，這一次餐聚，和這一次手術有什麼兩樣呢？所區別的，就是我在無意之中想起這種主意，而在無意間傷害了一個人，而在無可挽救的情況下，造成這個悲劇。

本來，我應該趕到「麗宮」去的，但心情實在太壞，所以我索性回到家裏。

我連淑惠為我準備的夜點都懶得食，便躺到床上。我反反覆覆地思索著「生」和「死」這個問題。有時，它們顯得那麼接近，接近到使人無從區分。

「人生本來就是那麼一回事啊！」我忽然有點萬念俱灰起來。

「你說什麼？」淑惠奇怪地問我。

我笑笑，我只能笑笑。

「我想起剛才那個人在接受麻醉之前的樣子……！」

「別去想這些吧，」淑惠很快地打斷了我的話：「一切都是由上天安排的！」

十

真的，一切都是由上天安排的。我為什麼要提議這次的餐聚呢？又為什麼偏偏要選到「麗宮」這家酒家呢？我痛悔，但，痛悔又有什麼用呢？事情早已經由上天安排停妥了。

第二天早上，由於昨晚失眠，所以天亮時剛睡著的那一刻特別困倦，淑惠搖了我半天我才醒過來。當時我迷惘地睜開刺痛的眼睛，心裏很不快活。

「天賜來找你。」她說。

「誰？誰來找我？」

「天賜！」她補充道：「他在客廳等你，像是有什麼要緊的事。」

我現在算是聽明白了。於是我說：

「就請他到房裏來吧！」

她看看四周，但終於出去引著天賜進來，進了房，天賜並沒有馬上說話，他回頭望望淑惠，她猶豫了一下，便知趣地返身出去了。

天賜的臉色很難看，像是整夜沒睡似的，但神情卻很激動。

「什麼事呀？」我說，我以為他會怪我昨夜沒趕到麗宮去的。可是，他並沒有說，他靠近床邊，嚴重地說：

「我看見素津了！」

「素津？」我重複著這個名字。

「呃，真的是素津！」

「——在那裏？你在那裏找到她的？」

他痛苦地咬咬下唇，困難地回答：

「麗宮，就是昨晚我們去的那家酒家！」

「在酒家裏？」我再問一句：「你看見她在酒家裏？」

「……。」林天賜點點頭：「是的，她就在麗宮酒家做酒女。」

葉素津在酒家做酒女，這是可能的嗎？

林天賜頹然在床邊坐下，他背著我，慢慢地用一種生硬的聲音告訴我昨夜所發生的事：其實，他並沒有詳細地敘述，總之，葉素津拉開門簾走進他們吃酒的廳房時，她已經有點醉了。紅酒女大多是要讓那些新客人多等一些時候的，他們當然也不例外。她進來時，他們差不多都有幾分醉意了。但天賜卻仍然十分清醒。

他清醒到馬上便認出這位「鳳鳳」小姐是葉素津，但他又不敢承認那就是她。因為她的意態、舉動、以至談吐，都證明她是久歷風塵的酒家女，而葉素津在他的記憶裏面，又是那麼溫柔而莊靜的，就像一個聖女一樣。

「鳳鳳」是他們特意為天賜叫來的。天賜發覺她對自己毫無反應，在門口發了一陣愣，他認為那是因為自己的神色使她受了驚嚇。於是他開始談話，談話是由天賜短短的寒喧開始的，由於她太像——他愈來覺得愈像——葉素津，所以他極力將話題引到那上面去……

不過，他很失望，她只是像葉素津而已。結果，在散席之前，他們兩人都醉了。他們慫恿天賜送她回去，而她也並不拒絕。

出了酒家，他們並沒有叫車子，也不說話，只是漫無目的向前走，直至他發現自己和她已經站在那棟小木樓前面。

「這個時候，」天賜繼續說：「我才敢證實那就是素津。她仍然住在小木樓上……。」

「那是不可能的，」我插嘴道：「我到那兒去找過，說她已經搬走了！」

「但後來她又搬回來了。她一個人住，孩子由奶媽帶著……。」

「孩子？你已經知道了？」

「嗯，我完全知道了——所有的事！她和你們，她到臺中去，你登的報……！」

「她已經看見報了？」

「她不相信，她以為是你用這種假消息去騙她和你見面。」

「為什麼她不肯相信呢？」我愧疚而怨恨地低下頭。

「用不著難過，我不怪她，」他認真地說：「而且，她為我吃了那麼多苦頭，犧牲那麼大——我仍然感激上天，在這時候，讓我找到了她！」

「……」

「所以，現在我從她那兒趕來找你！」

「你打算怎樣呢？」我慎重地問。

「你說我應該怎麼樣呢？」他接著反問。

我怎麼答覆呢？我注視著他，他並不避開我的視線，我能夠從他那深黑的眸子裏覺察到他的意願和決心。

「我不能放棄，」他堅定地說：「這是我的責任！」

「你準備怎麼樣？」我低聲問。

「我要回去坦白地告訴玉蘭！」他說。

「你昨晚……。」

「我沒回去，我和素津在一起。」

這之間隔著短短的沉默。我發覺悲劇已經無可避免了。素津絕望後的墮落，老奶媽始終在替她隱瞞，尤其是對我們；當然，這絕對不會是出於她的本意，只是為了生活和撫育孩子——甚至可以說，完全為了孩子！假使沒有他，我相信她會做出更傻的事來的。因此，現在我才明白，老奶媽吞吞吐吐和痛苦的原因。目前，由於天賜的生還，一切都扭轉過來了。可是，在葉素津那方面，她會為自己的做酒女而感到羞恥和悔恨，這種自責和遺憾之情是終生難以解脫的；至於天賜，亦因這次重逢而感到左右為難，他對素津忘不了舊情，但對玉蘭，無論從任何一方面來說，他又怎能拾棄呢？

我望著天賜，內心有比他更沉重的擔負。

「我也知道兩全是不可能的！」他痛惜地嗄聲說：「好在玉蘭和我之間的感情，並不是單純的愛情，只要我將素津的事坦白地告訴她……。」

「她早就知道了！」

「她怎麼會知道？」

「是我告訴她的，」我說：「當時，我以為你已經死了——這就是我對你們這件事所做的引以為憾的事情。素津抱著孩子到臺中之後，她便趕來告訴我，我便將你和素津的事告訴她。我的用意只不過是——你相信我說那些話是沒是惡意的。後來，我才從她那兒知道你活著的消息，以後，她曾經要幫助過素津，但她沒有接受。從此，我只見過素津一面，她便失蹤了。」

「你們為什麼不早點將這些事告訴我呢！」

「這也許是我的錯誤，不過，連你都相信素津已經嫁了人了，而且，玉蘭又有什麼罪過呢？」

「罪過！」他驟然激動起來：「我回來就是罪過——不！不管怎麼樣，我一定要去向玉蘭說，我相信她會原諒我的。」

「但素津同意你這樣做嗎？」我問。

「我向她說了，起初她當然不肯同意。後來，她知道我一定要這樣做，便不再堅持了！」

聽了天賜的話，我心中微微有點不快。但反過來想，人，總是自私的，尤其是在感情上。葉素津目前的情形，就等於是失足掉進海裏了，她總得緊抓著一件足以救助她的東西。同時，我記起在上一次和玉蘭見面的時候，曾經說過，她已經為她自己安排了一條應走的路——她說過不是去死。我想，事情已經這樣，感情的事，也並不是局外人所能左右的。

看見我不說話，他從床邊站起來。

「我走了，情形怎麼樣，我會來告訴你的！」走到門口，他再回過頭來補充一句：「我很感激你提議舉行這次餐聚——非常非常地感激！」

然後，他替我將門關起來。

十一

同時，林天賜也將命運和幸福的門關起來了。

事情結束得太突然，也不像一般小說的結尾。但，其實，人生就是這樣的——當我每次在手術室裏走出來，我總是這樣想：誰能預料一切啊？就以林天賜這件事情來說，他們三個人實在太不幸了！假如我願意的話，這篇文字我可以結束得更為動人，更為完美。但，我不願這樣做，我寫它，只是為了紀念這三位在殘缺中追尋完整的朋友。誰說他們沒有獲得完整的愛情呢？

當林天賜將經過的情形，向莊玉蘭說明之後，莊玉蘭可以說是出於內心的為他慶幸。她接受他的道歉，但她要求他別為她難過，她會很幸福地活下去的，因為任何一種犧牲，都含有幸福的成份的。於是，她獨自回臺中去了。可是，當他趕回小樓上去時，一切都太遲了！為了愛，為了更甚於活下去的一個理由，葉素津已經服毒自殺了。遺書裏，她認為自己太骯髒了，她不應該汙辱他們之間的、純潔無瑕的愛情；更不願去傷害一個比自己更不幸的人。她希望他回到莊玉蘭的身邊去，並囑付他好好照顧孩子。

現在，事情已經過去好幾年了，但當春天將盡，我便記起這個日子；同時，在臺中修道院裏的莊玉蘭，和帶著他的孩子，在南洋他曾經生活過一個時期的不幸的地方行醫的林天賜，也記著這個日子，我們在葉素津的墓頭，獻上一束花，以及永恆的祝福。

是的，這個世界並不十分美好，但也並不太壞。春天將盡了，但蓬勃的夏日即將到來；今天也許發生了不幸，但明天又一切都改變了。惟一永存的，只是人類心中真純而平凡的愛情而已。

潘壘全集13　PG1189

新銳文創
INDEPENDENT & UNIQUE

落花時節

作　　者　潘　壘
責任編輯　陳思佑
圖文排版　周好靜
封面設計　李孟瑾

出版策劃　新銳文創
發 行 人　宋政坤
法律顧問　毛國樑　律師
製作發行　秀威資訊科技股份有限公司
114 台北市內湖區瑞光路76巷65號1樓
電話：+886-2-2796-3638　傳真：+886-2-2796-1377
服務信箱：service@showwe.com.tw
http://www.showwe.com.tw
郵政劃撥　19563868　戶名：秀威資訊科技股份有限公司
展售門市　國家書店【松江門市】
104 台北市中山區松江路209號1樓
電話：+886-2-2518-0207　傳真：+886-2-2518-0778
網路訂購　秀威網路書店：http://www.bodbooks.com.tw
國家網路書店：http://www.govbooks.com.tw

出版日期　2015年2月　BOD一版
定　　價　300元

Printed in Taiwan

國家圖書館出版品預行編目

落花時節 / 潘壘著. -- 一版. -- 臺北市 : 新銳文創,
2015.02
面； 公分. -- (潘壘全集 ; PG1189)
BOD版
ISBN 978-986-5716-44-8 (平裝)

857.7 103027696

讀者回函卡

感謝您購買本書，為提升服務品質，請填妥以下資料，將讀者回函卡直接寄回或傳真本公司，收到您的寶貴意見後，我們會收藏記錄及檢討，謝謝！如您需要了解本公司最新出版書目、購書優惠或企劃活動，歡迎您上網查詢或下載相關資料：http:// www.showwe.com.tw

您購買的書名：________________________________

出生日期：________年________月________日

學歷：□高中（含）以下　□大專　□研究所（含）以上

職業：□製造業　□金融業　□資訊業　□軍警　□傳播業　□自由業

　　　□服務業　□公務員　□教職　□學生　□家管　□其它____

購書地點：□網路書店　□實體書店　□書展　□郵購　□贈閱　□其他

您從何得知本書的消息？

□網路書店　□實體書店　□網路搜尋　□電子報　□書訊　□雜誌

□傳播媒體　□親友推薦　□網站推薦　□部落格　□其他________

您對本書的評價：（請填代號　1.非常滿意　2.滿意　3.尚可　4.再改進）

封面設計____　版面編排____　內容____　文／譯筆____　價格____

讀完書後您覺得：

□很有收穫　□有收穫　□收穫不多　□沒收穫

對我們的建議：________________________________

____

____

____

請貼
郵票

11466
台北市內湖區瑞光路 76 巷 65 號 1 樓

秀威資訊科技股份有限公司　　　收

BOD 數位出版事業部

(請沿線對折寄回，謝謝！)

姓　　名：＿＿＿＿＿＿＿＿＿　年齡：＿＿＿＿　性別：□女　□男

郵遞區號：□□□□□

地　　址：＿＿＿＿＿＿＿＿＿＿＿＿＿＿＿＿＿＿＿＿

聯絡電話：(日)＿＿＿＿＿＿＿＿＿＿(夜)＿＿＿＿＿＿＿＿＿＿

E-mail：＿＿＿＿＿＿＿＿＿＿＿＿＿＿＿＿＿＿＿＿